JN162171

異界の姫巫女（ひめみこ）はパティシエール

登場人物紹介
アメル
騎士団で隊長を務める。
獣に襲われていたエミを
助けてくれた命の恩人。
甘党で、エミのお菓子が
大好き。
エミ
製菓専門学校に通う
パティシエールのタマゴ。
尊敬するパティシエの
実演会に行く途中、
異世界のバニーユ王国に
トリップしてしまう。
伝説の「浄化の姫巫女」では
ないかと人々に噂されて――?
フィグ
サレの契約精霊。
サレ
年齢不詳の魔法使い。
妖艶な見た目に反して気さくで、
異世界におけるエミのお姉さん役。

女王
マルムラード
隣国ファリーヌの
女王。
ある時を境に
性格が激変し、
他国に戦争を
仕掛けだした。
タンドール伯爵
マルムラードの元婚約者。
「浄化の姫巫女」を頼って
隣国からやってきた。
カネル
アメルの兄で
バニーユ王国の王太子。
このところ体調を崩し、
食欲もないらしく……？
ミエル
騎士団に所属する
アメルの部下。
エミが憧れる
パティシエにそっくり。

一　ボンボン・ショコラ

「やだ、もうこんな時間！　急がなきゃ！」

洋菓子科の実習授業が終わって時計を見たら、授業の終了予定時間をかなり越えていた。早く着替えて学校を出ないと、遅刻しちゃう。

こういう日に限って授業が延長するのは、どうしてだろう。今日の実習内容はよりにもよって、手の込んだボンボン・ショコラの制作だった。チョコレートは大好きだけど、後片付けが大変なのよね。

時計を気にしつつ急いで片付けていると、同じ班の木下(きのした)君が声をかけてきた。

「佐藤(さとう)さん急いでるね。デート？」

「デートよりもっと大事な用かな」

私は答えながら、洗い終えた調理器具を棚に仕舞うべく手に取る。

すると木下君は思い出した、という調子で声を上げた。

「ああ、パティシエ風間(かざま)の実演会って今日だっけ。それ、もう仕舞うだけで終わり？　ならついでに片付けておくから早く行きなよ。そのかわり、今度感想聞かせてね」

「いいの？　……じゃあ、お言葉に甘えようかな。ありがとう。ゴメンね、お先に！」

申し訳ないと思いつつも、私は調理器具を木下君に託す。急いで私服に着替えると学校を飛び出した。

だって私にとっては人生の一大事！　憧れのあのお方を生で見られるんだもの！


私、佐藤愛美は、小さい頃から『将来の夢は？』と聞かれると、決まってこう答えた。『ケーキ屋さん』と。十九歳になった今は、『食べた人が幸せになれるお菓子を作るパティシエール』になるのを目指している。

身寄りのない私は、高校を出てすぐに、両親が遺してくれたお金で製菓学校に入った。

数年前に家族を事故で亡くした時は、生きるのさえつらくなるほど悲しくて、夢を諦めかけたこともあった。それでも前に進んでこられたのは、あるお菓子に出会ったから。

それは数々の国際コンクールで名を馳せた、若い人気パティシエが作ったお菓子。

当時、しゃべらず、笑いもせず、塞ぎこむばかりだった私のために、同級生が遠くの町で何時間も並んで、買ってきてくれた物だった。

それを一口食べた瞬間に、頬がゆるんでいた。暗く沈んで凍りついていた心が、ふわっと溶けて軽くなったのだ。たった一つのお菓子で、こんなにも心が癒やされるなんて、とものすごく感動した。そして私も、こんなお菓子を作れる人間になりたいと思った。

そのお菓子を作った人――パティシエ風間に、今日これから会える。ホテルで開かれる実演会の抽選に当たったのだ。実演会では、彼がお菓子を作るところを生で見られて、お菓子作りの重要なポイントや作業のコツを教えてくれるらしい。木下君には、今度お礼しよう。

「風間さん、もうすぐ会えますね」

命の次に……ううん、命よりも大事な一冊の本を抱きしめて道を急ぐ。

この本、『笑顔（スーリール）のルセット』は私の宝物。スーリールもルセットもフランス語で、ルセットはレシピのことだ。パティシエ風間が作ったお菓子の写真とレシピに、エッセイを少し添えた本。パティシエを志（こころざ）す者として勉強になる。

そして私は、本の最後に載っている著者紹介の顔写真に恋している。彼が作ったお菓子も美しいけれど、本人も王子様風の超イケメンさんなのよね。なんでも、フランス人とのハーフらしい。

それほどすごくてカッコイイ人なのに、あまり目立つのが好きじゃないみたい。取材や顔出しは滅多（めった）にないことで有名だから、今日は本当に貴重な機会。

話せる時間ってあるのかな？　この本にサインしてもらえないかな。

そんなことを考えているうちに、実演会の会場であるホテルの前に到着していた。

——私はたぶん、舞い上がっている。なにせ、ここまで歩いてくる間のことをほとんど覚えていない。よく途中で車に轢（ひ）かれなかったものだ。落ち着け、私！

深呼吸して少し落ち着いたが、今度はきらびやかな高級ホテルの入り口を見て、あらためてビビる。だって私は根っからの庶民。余程のことがない限り、こんなホテルとは無縁だからね。

緊張を和（やわ）らげるように、もう一度ぎゅっと宝物を抱きしめる。

服装にこだわらない私にしては珍しく、今日は一張羅のワンピースでそこそこオシャレをしてきた。だけど、テキストや愛用の泡立て器などの調理器具、今日作ったお菓子が入った鞄をそのまま持ってきてしまったことに、今更気がつく。駅の近くのロッカーに入れてこようと思っていたのに、すっかり忘れていた。実用性重視の帆布のトートバッグとワンピースとの相性は最悪だ。こんな恰好で来てよかったのかな、と思わず入るのを躊躇する。

そんな私に、入り口に立っている人が声をかけてくれた。濃いグリーンと渋い赤の服に金のボタン、帽子のクラシカルな制服がカッコイイ。このホテルのドアマンかな？

「ようこそ。お客様はお菓子の実演会にお越しですね？」

私が実演会の主役の本を大事そうに抱きしめていたから、わかったみたい。うんうんと頷くと、ドアマンはにっこり笑った。

「招待状はお持ちですか？」

「は、はい。ここに」

本に挟んでいた招待状を出して見せると、ドアマンはさらに笑みを深くした。

「会場は八階です。ロビー奥の白い扉のエレベーターでどうぞ。それでは、旅のご無事を」

優雅なお辞儀と共に奥を示され、私も頭を下げて通り過ぎる。

でも、ロビーに入ってからふと気がついた。ドアマンの人、『旅のご無事を』って言ったよね？ホテルで行われるイベントに来た客だってわかってるのに？　それともホテルの宿泊客はほとんど旅行者だから、口癖みたいになってるのかな？

振り返ったけど、あのドアマンはもういなかった。

前に向き直ったところでスマホを見ると、実演会まであと五分もない。

私は、チン、と音を立てて開いたエレベーターに飛び込む。

「えーと、八階だったよね」

さすがは高級ホテル。エレベーターの中までなんとなくゴージャス。壁なんかベルベットみたいな布が貼ってあるし、花の形の照明も素敵だ。

それにしても……

「このエレベーター遅いな」

なんか、時間かかりすぎじゃない？　途中の階で止まらないし、目的の階にもなかなか着かない。もう乗って三分も経った。ひょっとして故障？　でも、動いているのはわかる。

心細くなってきたとき、やっとエレベーターが止まった。階数の表示はちゃんと八階。

もう始まってたら嫌だな。チンという音と共に扉が開いた瞬間、私はエレベーターから飛び出した。

途端に頬に感じたのは、冷たい風。そして視界を占めるのは、緑の木々。しかもやや薄暗い。

あれ？　ホテルの中じゃない？

「降りるところを間違ったのかな？」

いやいや。間違えるも何も、そもそもエレベーターって建物の中を移動するものであって、外に着くなんてありえない。そうだ、高級ホテルだから、癒やしを演出するためにリアルに森を再現したフロアを作った――――なんてことはないよね？

　引き返そうと振り返っても、今出てきたばかりのエレベーターのドアが見当たらない。そこには大きな木があるだけだ。

「え……」

　きぃきぃ、と鳥だか獣だかわからない甲高い声がこだまする。草いきれ、靴底越しでもわかる土の感触、かすかに聞こえる虫の羽音、風が木の葉を揺らす音。周囲を見渡すと、樹齢何百年かもわからない高い木々に囲まれた薄暗い森。それに少し肌寒い。どう考えても人工の森じゃない。

「ここ、どこ？」

　これは夢なんだろうか？　私、エレベーターで疲れて寝ちゃった？　いや、そんなわけない。だって抱きしめてる大事な本の感触もあるし……

　ん？　ちょっと待て。

　ふとひっかかりを覚えて、慌てて招待状を確認すると――実演会の会場は『七階大広間』と書かれている。

　七階？　そもそもドアマンの案内と違うじゃない！

　まあ、ちゃんと自分で確かめなかった私が悪い。でも、階が違おうが、同じ建物の中ならまだよかったのに、なぜ外に出たの？　これはどういうこと？　ワケがわからない。

　戻ろうにも出てきたエレベーターの扉はもうない。戻れないってことは――

「風間さんに会えない……？」

それどころじゃない気もするけど、なんだかそれが一番悔しかった。あれだけ楽しみにしていたのに。昨夜眠れないほどワクワクしてたのに。

エレベーターを降りたら、見知らぬ場所でした……って、洒落にならないでしょ！

本を抱きしめて、私はその場に立ちつくすしかなかった。


——しかし、ボーッとしていても何も解決しない。それに、ただでさえ薄暗かった辺りが、さらに暗くなってきた気がする。実演会は夕方の五時半からの予定だった。どこかもわからないところで夜を迎えるなんて、ごめんだ。

私はバッグからスマホを取り出した。地図アプリで現在地がわかるはず！　そうだ、助けも呼べるのでは……と思ったが、電源が落ちており、起動すらしない。実演会で写真を撮らせてもらうつもりだったので、充電はバッチリだったはずなのに……

しかし、しょんぼりしても仕方がない。なんと言っても、夜が迫ってきているのだ。

とにかく少し辺りを見てみよう。ここがどこなのかわかれば、帰れるかもしれない。それに人に会えたら、道を聞くこともできるだろう。案外、街のど真ん中だったり？　公園だとか……などと、なんとか気持ちを持ち上げつつ、私は少しでも開けた方へ歩き出した。

しばらく森の中を歩いてみて、わかったことがいくつかある。ここが街のど真ん中でも公園でもなく、日本かどうかも怪しい針葉樹の森であること。私は植物に詳しくはないけど、ここに生えている草の葉っぱも大きな木も、一度も見たことがないと思う。

しかも、まさに大自然バンザイって感じで、行けども行けども人っ子一人出会わない。建物はおろか、整備された道もない。誰の気配もないし、静かすぎる。

いや……視線っぽいものを後ろから感じる気がする。それになんか、ハッハッ、って荒い息遣いも聞こえる。やだ、変質者？　――違うな、このハッハッっていう音、聞いたことがある。

あまり確かめたくはないけど、そーっと振り返って……

「ひっ！」

目が合った。怪しい息遣いの主は犬だ。二メートル近い体で私を見下ろす、角を持った赤紫色の犬である。

そうそう。ほら、暑いときなんかに犬が舌を出して、ハッハッてしてる音。だから聞いたことがあったんだ……って、違う！　犬はこんなに大きくないっ！　狼？　いや、狼だってここまで大きくないし、角は生えてないはず。それに、赤紫色の毛ってありえないと思う！

しかも何頭も私を取り囲んでいた。ガルルルって唸ってるし、獣臭い息を吐きながら、ヨダレを垂らして私のことを見てる。どう見たって、肉食獣だよね。

私って獲物？　獲物認定なの？　食べる気？

「こ、来ないで……」

とにかく逃げようと思うけど、足が竦んで動けない。第一、この犬の方が私より強くて足が速いと、本能でわかる。こんな時だけ生き物の本能に目覚めなくていいから、私！

噛まれたら痛いだろうな。たとえこれが夢でも、どこなのかもわからないところで獣に食べられて死ぬなんて、最悪だ。

巨大な狼もどきの群れは、まだ襲ってこない。しかしじりじりと間合いを詰めてきていて、その牙も舌も目も怖い。

夢なら今すぐ覚めてよ！

がっ、という声と共に、大きな獣の群れが動き出した。

「いやあぁーーーー!!」

悲鳴を上げて目を閉じ、本を抱きしめる腕に力をこめる。直後、その場に丸くなって伏せた。

「――――！」

誰かの叫び声が聞こえた気がする。金属がこすれ合うような音、そしてきゃうん、という甲高い声も。

身構えてたけど一向に噛みつかれないので、そーっと目を開けてみた。

地面に伏せている私の目の前に靡いているのは、カーテン……じゃないね。マント？　そのひら越しに見えるのは足。銀色に輝いてるのは、金属の防具的なのをつけているから？

ずずずーっと視線を上に移すと、私を庇うように広げられた手には、これまた銀色に輝く長い……剣のような物が握られていた。そのさらに上には、後ろで一つに束ねられた赤銅色の髪が揺れている。髪は長いけど、相当背が高くて大きい……男の人？

彼の向こうには先ほどの獣が一頭倒れているのが見える。この人が倒したのだろうか？　助けてくれた？

それでもまだ、獣たちは唸り声を上げながら周りを囲んでいる。

目の前の人は、ちらりと私の方を振り返った。その顔に胸がドキッと鳴る。

こんな時だけど、見たこともないほどイケメン。日本人じゃない。外国人の若いお兄さん？

その人は巨大狼もどきを自分に引きつけるように、群れの方へ駆け出した。

長い剣に銀色に輝く鎧。白いマント。その姿は昔ゲームやアニメで見た騎士そのもの。

彼は飛びかかってきた獣をひらりひらりとかわす。そして剣を振るう度に、獣がきゃうんと声を上げて飛んでいく。
カ、カッコイイ————！　って、見惚れてる場合じゃない！
食べられそうで怖かったし、彼が助けてくれているのはわかってる。だけど動物のものであろうと血を見たくはない。できるだけ傷つけないであげてほしいな……。そう思っていたら、どうも斬っているわけではなく、峰で叩いているだけみたいだ。峰打ちってやつ？　よく見ると、彼の剣は西洋の両刃のタイプでなく、日本のお侍さんが持ってる刀のような片刃で細身の剣。

狼もどきたちはヨロヨロと起き上がったけど、男の人が追い払うように剣を振るうと、一斉に逃げていった。

助かった……。そう思うと、体の力が抜けて立ち上がれなかった。

騎士風の男の人は剣を腰の鞘に収めて、私の方に向き直る。

う、うわぁ、正面から見たら、ホントに美形。それにすごく背が高くて、百九十センチ近くありそう。体つきもがっしりしてる。結わえてある髪は長いけど、彫りが深くて男らしい顔。

でもキリッとしてるっていうか、すごく難しい顔をしてるな。眉間に皺(しわ)が寄ってるけど、怒っているのかな？

とにかくお礼を言わなくては。しかし私が口を開く前に、騎士様はへたり込んだままの私の目線に合わせて身を屈(かが)めて、何か早口で言った。

「○△※――――？」

とても渋くていい声だけど、内容がまったく聞き取れない。見た目からして人種が違いそうだから当たり前だが、彼の言葉は日本語ではなかった。

ううーん、どこの国の言語なんだろう？　すごく得意というわけではないけど、英語なら聞けばなんとかわかる。将来お菓子の勉強のために留学するつもりで、フランス語も少し勉強している。だけど、どちらとも違うし、欧州系の言語じゃなさそう。かといって中国語や韓国語などのアジア系言語とも違う。まったく聞いたこともない響きの言葉。

困った。こちらの言葉も通じない可能性が高い。

それでもお礼は言わないと。命の恩人だもの。

「あ、あの、本当にありがとう……ございました」

ぺこぺこと頭を下げながら言った。言葉はわからなくても仕草で通じるかな？

でもやっぱり微妙な顔をされた。向こうも言葉が通じないと悟(さと)ったらしい。

ほんの少しの沈黙の後、騎士様が私の方に手を伸ばしてきた。本を抱きしめている私の腕を、がっしり掴(つか)んでくる。うわ、なになに？

体がびくっとしてしまう。彼が強く引っ張った勢いで、私は立ち上がり、本を落としそうになる。もしかして、この本が目当て？

「これはダメ！」

そう叫んで、思わず手を乱暴に振りきってしまった。しかし彼は本を取り上げようとしたのではなく、座り込んだままの私を立たせてくれたのだ。すぐに理解できて申し訳なくなった。

私の足や手を確かめるように見てから、彼はまた何か言ったが、例によってわからない。雰囲気から察するに、多分怪我はないかと聞いてくれたのだと思う。

「け、怪我はないです。手を振り払ったりしてごめんなさい」

言葉が通じていないのはわかってるけど、そう言ってみる。手足を動かして見せると納得してくれたみたい。

しかし、せっかく男前なのに無愛想な人だ。でも、口調は厳しくないので怒ってはいないのだろう。彼はまた一言二言話しかけてくるが、やっぱり何を言っているのかわからない。

「……アメル……」

かろうじて聞き取れたのがその単語だった。自分を指して言ったところから、名前か苗字なのではないかと推測する。

「アメル……さん？」

失礼かと思いつつも彼の方を指さして首を傾げると、彼はうんうんと頷いた。やっぱり名前なんだ。この騎士様風イケメンはアメルさんというのか。

今度は自分を指さして言ってみる。

「私は愛美です。エミ」

「エミ?」

「そう。私の名前。エミ、アメル」

私と彼を交互に手で指し示すと、また彼が頷く。

言葉が通じないなりに、交流が図れたかな、と思っていたのに――

「エミ、△※○――?」

ぽんぽん、と私の肩を軽く叩くと、アメルさんは遠くを指さして歩き始めた。

ええっ、行っちゃうの? まだ怖い獣がいるかもしれないところで、一人になるのは嫌だ。

この人だってこんな森の中に住んでいるわけでなく、人がいる街や村に帰るだろう。もしかして、私が元の場所に帰る方法を知ってる人を見つけられるかもしれないじゃない。

「待って! 私も一緒に……」

慌ててマントに縋ると、彼は足を止めて振り返った。その次の瞬間――

ぐきゅるるうっ。

とても情けない音が、アメルさんから聞こえた。アメルさんは難しい顔のまま、かすかに照れたような仕草でお腹を押さえている。

「お腹が空いてるんですか?」

命の恩人だし、何かお礼ができたらいいんだけど……あ、そうそう。

バッグに大事な本を仕舞い、かわりに小さな箱を取り出す。

「こんなのでもよかったら」

今日の実習で作った、ボンボン・ショコラ。ただし、形がよくなくて提出できなかった物だ。反省もかねて自宅で食べようと持って帰ってきていた。フランボワーズ風味のホワイトチョコムースをビターチョコでコーティングしたのと、プラリネ入りのミルクチョコの二種類。しかも二個だけ。ちなみにプラリネとは、焙煎したナッツとカラメルをまぜ合わせて、ペースト状にしたもののこと。

お腹が空いてるのにこんな物しかなくて、申し訳ない気持ちになる。せめてサブレだったらお腹の足しにもなっただろうな。

チョコの小箱を差し出して蓋を開けると、アメルさんはびくりと身構えた。

「食べ物です。大丈夫」

あーんと口を開けて、食べ物を入れる動作をしてみた。わかるかな？　食べ物。そうしていると、彼の大きな手が伸びてきた。

元々三センチほどで小さなチョコだけど、アメルさんが摘むとさらに小さく見える。

アメルさんはおもいきり匂いを嗅いでいる。ひょっとしてチョコレートを知らない？

彼は難しい顔でしげしげと見つめた後、ボンボン・ショコラをぽいと口に放り込んだ。

もぐもぐもぐと口を動かす騎士様。味わってるねぇ。そこまで噛み締めなくても。

アメルさんは眉間に皺を刻んでいる。うーん、微妙に甘すぎたとは思ってたし、成形に失敗したのと艶が悪いのは、温度がよくなかったのが原因だろう。舌触りもイマイチと思われる。

やっぱり私はまだまだだな……そう思っていると、アメルさんは突然目を見開いた。実際に音がするわけではないんだけど、『カッ！』って感じで。

「うっ！　□△※……！」

何やら拳を握りしめて呻いているアメルさん。

もしかして怒ってる？　助けたのにマズイ物を食わせやがって、という怒りなのだろうか。それとも初めて食べる物で、驚いているとか？

そしてアメルさんはもう一個のチョコを摘んで口に入れる。その顔が至近距離に迫ったと思ったら、ぐりん、と視界が回った。

「えっ？」

ふわっと体が宙に浮いて——なんとアメルさんにお姫さま抱っこされていた！　私、日本人的にもかなりチビの部類だし、アメルさんは推定百九十近い長身だけど、そんなに軽々と！

さらに彼は私を抱えたまま走りだした。

何？　なんなの、このリアクションは！　ひゃあぁぁ、それに、これイヤーッ！　恥ずかしいー！　近くで見るとカッコよすぎてヤバーイっ！　ドキドキして口から心臓が出そうなんですけど！

パティシエ風間さん以外の人にドキドキする日が来ようとは、思ってもみなかった私だった。

しかし……乙女なトキメキは長くは続かなかった。

「あの、歩けます。下ろしてください」

一応何度目かの訴えをしてみるものの、彼は私を離してくれない。

とはいえ、このあたりは知らない場所。せっかく連れてきてもらったのに、ご機嫌を損ねてぽいっと捨てていかれても困るし、帰る方法を見つけるためにも、身を任せるしかない。

私も十九のお年頃。若い男の人……しかも、超イケメンに抱えられているのに、照れや胸キュンを今は一切感じなくなってしまったのは、多分この体勢のせいだろう。

アメルさん、私はバッグじゃないので、小脇に抱えるのはやめていただきたい。ただ、お姫様抱っこの気恥ずかしさに抵抗した結果がこれなので、自業自得なんだけど……

抱えられたまま移動すること数分。周囲の木がまばらになって来た。森を抜けたみたい。

「――――！」

あ、誰か他の人の声がする。そこには数頭の馬と、アメルさんに向かって手を振る人たちがいた。

みんな男の人で、金属や革の鎧のような物を身につけて剣を携えている。騎士のお仲間なのかな？

その人たちの近くに寄ると、アメルさんはやっと私を下ろしてくれた。

男の人たちが話している内容は、やはりまったくわからない。だけど他の人はアメルさんの仲間で、ここで彼を待っていたようだ。そして、私の方を見てから肘でアメルさんを突いた人や、咳払いした彼のやや焦ったような仕草で、ツッコミを入れられているのだと推測する。

私も一応女だからね。仲間がいきなり見知らぬ女を抱えて連れてきたら、こうなるよね。

男の人たちの視線が一斉に私に集まってちょっと怖かったので、アメルさんの後ろに隠れてみた。

アメルさんは私を指さしてから、少し話す。それから空を示し、また話した。他の人は頷き、各自、馬の方に向かう。きっと、暗くなる前に移動することにしたのだろう。

どうもアメルさんはこの中で一番偉い人みたい。彼以外の人の鎧は、なんとなく地味だしね。

そんな時、一番近くにいた騎士っぽい人の横顔が目に入った。アメルさんよりは小柄で華奢だけれど、私に比べたら充分大きい。短めの明るい色の髪と涼しげな目元だ。

その人が私の方を……正確に言うとアメルさんの方をちらりと見る。

「えっ？」

その顔を見た途端、思わず目を疑った。

似てる……パティシエ風間さんに。結局会えなかったから実物を見たわけじゃないけど、擦り切れそうなほど毎日見ている本の、あの写真の人に。

ほんの一瞬のことで、その人はすぐに馬に飛び乗って顔が見えなくなってしまった。それでもドキドキと胸が鳴ってるのがわかる。

見間違いかな？　こんなところにいるはずがないもの。

混乱してきた時、またもひょいと体を持ち上げられた。犯人はアメルさんである。

「わわっ！」

次の瞬間には、私は馬の背に座らされていた。

馬なんて、小さい頃に動物園でポニーに乗ったきりだ。この馬、かなり大きい！　すごく高くて怖さのあまり、誰かさんに似てる騎士のことなど頭から抜けてしまった。

そしてアメルさんも同じ馬に飛び乗って、私の後ろに座る。

ああ、よかった。馬を操るなんて、私には無理だし……いやいや、よくないよ？　一緒に乗せてくれるのはいい。でも思いっきり密着してますよ？　こう、後ろから手が伸びてきて手綱を持つってことは、軽く抱きしめられてるのと同じだよ？　この状態、恥ずかしい……

何を言われてるのかは、相変わらずわからない。直後に手綱を持つ彼の手が動いたと思うと、馬が勢いよく走り出した。きっとさっきは、しっかり掴まってろとでも言ってくれたのだろうけど！

「エミ、―――？」

ひいいぃ！　怖いー！　速いぃー！

もう恥ずかしさどころか、何もかもすっ飛んだ。

しばらくして、少し落ち着いてくると、いろいろな思いが頭を回り始めた。

そろーっと振り返って見上げてみる。すると、驚くほど整った顔立ちなのに、眉間に皺を寄せた難しい顔のアメルさんと目が合う。

こうして連れてきてくれたところをみると、嫌われはしていないようだけど……

どうしてこうなった？　ここは本当にどこなんだろう？　この後どこに行くのだろう？　私、帰れるのかな？

疑問だらけの中で、わかるのはただ一つ。

私はどうやら、日本――下手したら地球ですらないところに来てしまったということだけ。

だって、ふと見上げた、まだ完全に暮れていない藍色の空には、二つの月。

襲ってきた獣も、角があったりやたらと大きかったり、変わった色をしていたり。乗せてもらっているこの馬だって、耳がとても長くて、額に小さな角が一本ついている。

ここは私が知ってる世界じゃない。まだ現実だと認めたくないけど、夢と言うにはリアルすぎる。それに、自分がここまで想像力豊かな夢を見られるとも思えない。

――『旅のご無事を』。

ドアマンの謎の言葉が蘇る。

私は本当に旅に出てしまったのだろうか。

考えてみたら、あのドアマンはちょっとおかしい気がする。着ていた制服や言葉ははっきりと覚えているのに、どんな顔をしていたかも、若かったのか老人だったのかさえ思い出せない。

彼は神様……なんてことはないよね？　もし神様だったとしたら、酷くない？　私が何をしたというの？　私にだって将来の夢があったのに。考えれば考えるほど理不尽だ。

しかし救いもある。アメルさんたちは悪い人――たとえば盗賊とか犯罪集団じゃなさそうだし、彼らと一緒に行けば、帰る方法を探し出せるかもしれない。今はその可能性に賭けるのみ。

前を見ると、憧れの人によく似た男性の後ろ姿。

「……見たかったな、実演会」

心残りがそれという自分にちょっと呆れつつも、ため息を漏らしたのだった。

馬で移動してどのくらい時間が経っただろう。目的地に着いたのは、もうとっぷり日が暮れて完全に夜になってからだった。

我ながら呆れることに、先ほどまで居眠りをしていた。私は乗り物が苦手なのだけど、馬の上は開放的だからか平気みたい。それにしても、ウトウトしちゃうなんて……。昨夜は実演会が楽しみなあまり眠れなかったことも一因かもしれない。

それでも街らしき建物がたくさんある賑やかなところに入ってからは、目が覚めてきた。馬は橋を渡り、大きな門の前で止まる。

「○──※──△□」

アメルさんが私に何か言った。

彼が指さす先を追うと、大きな門の向こうにある建物が目に飛び込んでくる。

「ひゃあぁ……!」

我ながら情けない声を出してしまった。

だって、門の向こうにそびえているのは、どう見てもお城だったのだ!

辺りは暗いので細部までハッキリとは見えない。しかし、二つの月が浮かぶ夜空を背景にしたシルエットだけでも、ものすごく立派な建物だとわかる。

騎士風の人たちの出で立ちで薄々予想はついていたものの、やっぱり見慣れた日本とはまるっきり違う雰囲気だ。かと言って、西洋風というわけでもない。玉ねぎみたいな丸い屋根は、エキゾチックな感じで……お城じゃないけどこういうのによく似た有名な建物がインドにあったな。

門の前には、槍を持って立つ門番らしき人が二人。アメルさんがその人たちに何か言うと、一人が一礼してから建物の中に走っていった。

そんな中、またも抱えられて馬から降ろされる。アメルさん以外の他の騎士の皆さんも馬から降り、剣を地面に置いて跪く。うわー、なんかカッコイイ。映画みたい。

アメルさんは跪いていない。やっぱり他の人より偉いのかな？

そしてトートバッグを肩からかけた私に、身振りで門を潜るよう促すアメルさん。

ついて行くしかないけど……ものすごく緊張するなぁ。

アーチ型の門を潜り松明が照らす石畳を進むと、門の先にあるとても大きな扉が開いた。

ああ、心臓がバクバクいってる。このお城のような建物には誰がいるんだろう？　というか、私なんかが入ってもいいのだろうか。

そんなことを思いつつも、アメルさんに肩を押されて扉を潜ると、案外、中はシンプルだった。

壁の灯りに照らされて明るく、広い。壁も床も高い天井も全部、石造りかな？　あまり飾り気はない。

どうやら電気はないみたい。壁に点々と配置されている灯りはランプで、中に火が燃えてる。

とその時、奥から人が現れた。

ふわっとしたベールを目深に被り、白くて刺繍のたくさんある長いドレスみたいな服。背は高いし、かなりスタイルのいい女性だ。

彼女は軽くお辞儀をしてから、ベールを捲りつつ顔を上げた。

うわー、すっごい美人！　年は私より少し上という感じ。ちょっぴりきつめの顔立ちと真っ赤な唇の、とても色っぽくて美しい人。

その女性は一言二言アメルさんと会話を交わし、私の方を見て微笑んだ。ツンとした顔つきだけど、笑みに嫌な感じは全然なくて、ほっとした。考えてみたら今日、ワケのわからないことになってから初めて見る女性。やはり同性というだけで、なぜか安心感がある。

手招きをされ、アメルさんと一緒に彼女について行くと、部屋に案内された。そこそこ広くて、花柄のタイル張りの壁が素敵だ。お香か何かのいい匂いがして、心が落ち着く気がした。

女性に手振りで促されるまま、椅子に座る。

「――――?」

美人の女性は私に話しかけてきた。もちろん言葉はわからない。

アメルさんは黙って私の横に座っている。

「すみません……わかりません」

すると突然、女性が私の方に手を伸ばした。私は思わずビクッと身を竦める。彼女は私が怯えたのがわかったのか、安心しなさいと言わんばかりに微笑んだ。

そして彼女は目を閉じてみせる。なんとなく、私にもそうしろと言ってるみたい。

真似をして目を閉じると、おでこにふわっと優しく何かが触れた。

呪文や歌のような節がついた、不思議な響きの声が聞こえたと思うと、額に当てられた物がほんのり温かくなった。

温かさは私の全身に広がっていく。なんか気持ちいいな……と思ったら、ぬくもりは離れてしまった。ちょっと名残惜しいような気もする。

そっと目を開けても、別に何か変わった感じはない。何をしたのかな？

「サレ、上手くいったか？」

「ええ。多分」

え？　今、アメルさんと女の人の会話の意味がわかった？

驚いていると、美人のお姉さんが優しく聞いてくれる。

「これで私の言葉がわかりますか？」

「は、はい！」

「よかった、魔法が効きましたね。あなたの言葉は、私たちが聞いたこともない響きだったので、主に人以外……動物などと話ができるようにする双方向の魔法をかけてみました。これでとりあえず不便はないと思いますよ」

え？　今、さらっとすごいことを言わなかった？　魔法？

「お姉さんは魔法が使えるのですか？」

「はい。私はこのバニーユ王家に仕える魔法使いのサレ。主に風の精霊の魔法を使います」

納得。魔法使いだったら、魔法を使うのが仕事だよね。――って、いやいや、そうでなくて。

ここって、魔法が普通にあるところなんだ！　動物などにかける魔法って言われたのは気になるけど、言葉がわかるのはすごく嬉しいから、気にしてはいけないのだろう。

「私の名前はエミ。姓はサトウといいます。サレさん、言葉がわかるようにしてくださってありがとうございます。それに……えっと……」

騎士さんはアメルという名前だと思ってたけど、本当は違ったらどうしよう。そんな心配は、言葉の通じなかった同士、彼も同じだったらしい。

「名前はエミでよかったのだな。俺は王立騎士団イビス隊隊長のアメル・デュラータ。アメルの方が名前だ」

私もアメルが名前で正解だったことにホッとした。そして騎士様の偉い人というのも合ってたみたい。

「アメルさん、獣から助けてくれて、ありがとうございます。あなたは命の恩人です」

ああ、やっとちゃんとお礼を伝えることができた。

じゃあ今度は、この世界のことをいろいろと教えてもらおうかなと思っていると、アメルさんがぶっきらぼうに言う。

「なぜあんな辺境の森の中に、お前のような子供が一人でいた？」

「私にもさっぱり……こちらが聞きたいくらいです。というか私、確かにそう大きい方ではないですが、もう十九歳ですよ？」

「えっ⁉」

アメルさんが、一瞬だけものすごく驚いた顔になった。何かな、そのリアクション。

まさか俺の二つ下とか……などと、彼はブツブツ言っている。思いっきり聞こえてるんですけど。

サレさんは横でぽかーんと呆れたように見ている。こちらも驚いてるのかな？

そしてアメルさんが更なる攻撃を仕掛けてくる。

「しかもお前、女なのか？」

「……はぁ……」

なるほど。小脇に抱えられたのは、アメルさんが私を女として認識していなかったからか。失礼しちゃう！　あれだけ触ったら、わかるでしょうが、普通！

腹が立つけど……そうか、男の子だと思われてたのか。ごめんね貧乳で。百五十センチないチビで。髪はそこそこ長いし、ワンピースを着てるから、女に見えるものだと思っていた。ま、まあ、ここは日本の常識が通用しないところなのかな。そうとでも思わないとあまりに悲しい。

ってことは、風間さんによく似たあの人も、私を男だと思ってる？　……な、泣かないからね！

すっかり話が逸(そ)れてしまった。気を取り直して、帰る方法の手がかりについて聞いてみよう。

「あの、さっそくで悪いのですが、いろいろと教えてもらいたいことが……」

尋ねかけたその時——

ぐうううぅ。

きゅるるるぅ。

またもお間抜(まぬ)けな音が響いた。しかも、音源は二つ。

「……すまん」

「いえ、その、私も……失礼しました」

アメルさんと私のお腹が、同時に空腹を訴(うった)えたのだ。そういえば、今日は早めにお昼を食べて以来、何も食べてない。アメルさんも森ですでに空腹だったんだものね。

困ったように笑うサレさん。

「いろいろと話をする前に、まずは腹ごしらえをしましょう。何かおいしい物を作るよう、料理人にお願いしますわね」

サレさん、マジ天使！　頼れるお姉さまって大好き！

「そうだわエミさん、待っている間に着替えましょうか。可哀想に、女の子なのにそんな手足がよく見える寝間着のような軽装で……。アメル様も、せめてマントくらいかけてさしあげるとか、配慮があってもよろしいのに」

「すまんな。気が利かなくて」

いいんですよ、アメルさん。男の子と思ってらっしゃったのですもんね。

ううっ、しかし私の一張羅(いっちょうら)のワンピースは、こちら基準では寝間着程度にしか見えないのですか。

私がへこんでいるのをよそに、サレさんが鈴蘭みたいな形のベルを鳴らすと、すぐに使用人らしき地味な女の人が二人来た。サレさんは、一人に食事の用意を頼み、もう一人には服を用意するように告げた。他の人の態度を見ると、サレさんも偉い人みたいだ。

程なくして、ドレスっぽい服を何着か抱えてきた使用人さんが戻ってきた。するとアメルさんが部屋の入口の方へ身を返す。

「ではサレ、エミを頼む。俺は一旦、団長に報告を済ませて、隊の奴らを宿舎に下がらせてくる。話があるので飯は食堂で一緒に食う」

「あら、アメル様。話があるなら、エミさんの準備ができるまで、ここでお待ちいただいてもよろしいのに。報告など後でもよろしいのでは？」

サレさんはそう言うけど……

「お、女が着替えるところにいてはマズイだろう！」

そう言い残して、アメルさんは行ってしまった。若干耳が赤くなっているように見えたのは、気のせいだろうか。

アメルさんは私を女だと認識を改めてくれたんだな、と地味にホッとした。

用意してもらったドレスに着替えて、髪を整えてもらっている間にも、サレさんにいろいろなことを教えてもらった。

今いるのは、バニーユ王国。この建物は王宮で、アメルさんたちは王様に仕える騎士団。アメルさんはその騎士団にいくつかある隊の内の一つの隊長なのだという。ちなみに最近、情勢が怪しくなってきたお隣のファリーヌ国を警戒しているらしい。そことの国境近くに哨戒に行った帰り道で、アメルさんは私を発見したのだとか。

初めて聞く国の名前。地球では、現代にも過去にもそんな国は存在しない……はず。

私が日本の生まれだと言っても、サレさんはそんな国を聞いたことがないと言った。ということは、やはりここは異世界ということなのだろう。

「異世界ですか……言葉といい先の身なりといい、確かにそれなら納得はいきますわね」

サレさんは困った顔でため息をついた。

「私は元の世界に帰れるのでしょうか？　何かご存知ですか？」

つい元気のない声になってしまう。

着替え終えたドレスは引きずるくらいに裾が長く、刺繍やビーズがあしらわれた綺麗な物だった。やはり異文化なのだなとひしひしと感じる。

「さあ。調べてみないとなんとも言いようがありませんが、なぜこうなったのか原因がわかれば、あるいは。とにかく後で一緒にゆっくり考えるとして、今は疲れを癒やすのが先です。そろそろ食事の用意ができる頃ですわ。まずはお腹の虫を黙らせましょう」

「はい……」

サレさんの言う通りだ。今は深く考えないことにしよう。お腹が満たされれば、少しは頭もまともに回るかもしれない。

でもふと気がついてしまった。

確かにお腹は空いているけど、一体どんな料理がいただけるのだろうか？

地球上でも、国が違えば味覚も変わるのだ。ましてや異世界なら？　色がとんでもなかったり、ものすごく突飛な食材だったりしないだろうか。そもそも味覚が全然違って食べられないものだったりしたら、どうしよう。うーん、なんか心配になってきた。

そこで、専門学校の先生の言葉を思い出す。

『本を読んだり人に聞いたりするより、現地の食で人の生活や文化がよく理解できる』

よし、これはいい機会かもしれない。前向きにチャレンジしよう。

そんなことを考えながらサレさんに案内されて食堂に着いた。テーブルの上の料理を見て、思わずホッとする。見た目も匂いもそんなに違和感はない。普通においしそうな料理だ。

ライ麦か全粒粉(ぜんりゅうふん)なのか、少し黒っぽいパン。グリンピースに似た黄緑の豆らしき物が添えられた焼いたお肉に、シチューかスープみたいな物。具が何かまったくわからないけど、まあ見た目は許容範囲内。ただ、どれも大きくて量がかなりある。

スプーンやフォークも見慣れた形だった。なんだかんだ言っても、同じ用途の道具は似たような形に進化していくのだろう。

「遅い時間ですので、簡単な物しか用意できなかったみたいで、すみませんね」

サレさんが申し訳なさそうに言う。

「いえ！　すごくおいしそうです！」

量ががっつりあるし、充分豪華だ。これで簡単な物なのかぁ。そういえばここ王宮なんだよね。

簡単じゃない物って一体……

サレさんと椅子にかけると、入り口の方から声がした。

「待たせたか？」

アメルさんだ。彼は鎧(よろい)を脱いでいて、丈の長いシンプルなシャツに細身のズボンという簡素な恰好である。さっきまでのおカタイ雰囲気とは違って、こう……身近な感じのイケメンになった。相変わらず無愛想だけどね。

そこでサレさんが立ち上がった。

「では、私は部屋に戻っておりますわね」

「え？　サレさん、行っちゃうんですか？」

「私はもう夕食は済んでおりますから。お二人でごゆっくり」

そう言うと、サレさんは満面の笑みを残して行ってしまった。

ごゆっくりと言われても、無愛想なイケメンと向かい合って食事するなんて、正直落ち着かない。

「その恰好……」

私を見てアメルさんが口を開いた。

「はい。着替えましたよ」

「なかなか似合う。女だったんだな、やはり」

「……どうも」

それは褒められたのだろうか。ビミョー。まあいいや、それではいただきましょう。

いただきます、と一応手を合わせてから、食べ始めた私。

わぁ！　かなりおいしい！　この国の人の味覚とそう変わらないとわかってホッとした。

まだ学生の身だし畑が違うとはいえ、やはり食に携（たずさ）わる職人を目指す者としては製法や素材は気になる。

お肉は牛とも豚ともつかない味で、塩とほんの少しの香辛料だけで味付けされてる。かなり硬いけど、火の通りをよくするためか、切り目がたくさん入れられていて食べやすい。ゴロゴロと大きめの野菜が入った料理は、シチューみたいだけどあっさりしてて優しい味。お芋っぽいのは味がかぶに似てる。

素材そのものを活かしたシンプルな調理法の料理。煮るか焼くか。とてもわかりやすい。

気がつくと、かなりのペースで食べていた。

「美味いか？」

そう聞いてきたアメルさんは、もう食べきってしまった模様。余程お腹が空いてたのかな。

「おいしいです。お腹が空いていたので生き返ったような気がします」

私が食事を終えると、先ほどサレさんの部屋に来た使用人の一人が、飲み物とデザートっぽい物を運んできてくれた。

「コーヒー？」

飲んでみると、苦くて香ばしく、コーヒーによく似ている。

「マカラン茶だ。マカランの木の実の種を炒った物を煮だす。食後に飲めば消化にいい」

名前は違うし、かなりさっぱりした味だけど、製法なんかはコーヒーそのものだ。

マカラン茶に添えられていたのは、砂糖漬けなのか粉を吹いた果物。

「わ、甘い！」

一口齧ってびっくりした。じゃりっとするくらいの糖分とカッチカチの食感。酸味はなく、甘いだけか無味の果実なのだろう。しかし極甘っ！　マカラン茶が苦いので合うのだけど、これはお菓子やデザートというよりは保存食だね。

こういうのも好き。でも、できたら刻んでケーキに入れたいな。

そんなことを考えつつ果実をチビチビ食べていると、突然アメルさんが言った。

「お前が森でくれたあれは、なんだ？」

「チョコレートのことですか？」

そういえばあの時のリアクションは、どんな意味だったのだろう。

「あんな美味い物は生まれて初めて食べた。美味いだけでなく、力が漲るような気がした。あれは癒やしの薬か何かなのか？」

思い出すように目を細めたアメルさんの口元に、ほんのかすかに笑みが浮かんだ。出会ってから初めて見る顔。

胸がキュッってなった気がする。

どうしよう。ものすごく嬉しい。おいしかったんだ！　あ、でも……

「あれは薬でもなんでもありません。お菓子です。おいしいと言ってもらえて嬉しいですけど……ごめんなさい、アレ、実はちょっと失敗作で。形も悪かったし、甘すぎたかもしれません」

やっぱり正直に言っておかないと。

「あれは菓子なのか？　しかもお前が作ったのか？　あの味で失敗だとは思わなかった。お前は自分の国の王や貴族に仕える料理人か何かか？」

「いえ。私はお菓子職人のタマゴで、まだまだ修業中の身です。あれも偉い人が食べる特別な物じゃなくて……ごく一般的な、子供も食べるお菓子ですよ」

「お前の国の食文化は進んでいるのだな。この国で菓子と言えば、今食った砂糖漬けの果物や、保存の利く硬い焼き菓子だぞ」

「あぁ……」

そうなんだ。私の知っている世界でも、料理は発展していてもお菓子の文化はそれほどでもないという国もある。実際問題、三度の食事がしっかりしていれば、お菓子は栄養の面では必要ない。私が学んでいる西洋菓子などは嗜好品であり、アートでもある。つまり、心の栄養。アメルさんの言ったように、癒やしの薬なのかもしれない――

結局その日は夜も遅いので、私はお城に泊めてもらうことになり、アメルさんは騎士団の宿舎に帰っていった。

貸してもらったのは、とても豪華な客室だ。どこから来たのかもわからない女が、こんな部屋を使わせてもらっていいのだろうかと思いながら、そこで眠ることになった。

ふかふかなベッドに横になってると、いろいろな出来事や人の顔、音、匂い、味までもが、ぐるぐる頭の中を巡っていく。

学校に行って、お菓子の勉強をして、空いた時間にはバイトに行く。そんな私の日常が、突然終わった。

実演会に行けなかったのが、本当に残念で悔しい。それに私にはパティシエールになるという夢がある。それを叶えられなくなるかもしれないのは、正直痛い。

だけど、こうして全然知らないところに放り出されても、私はそんなに動じていない。泣きわめくほど取り乱したり、帰りたいと叫んだりするほどの強い感情が浮かんでこない。はじめは自分でも不思議だったけど、それはきっと私には待っている人——家族がいないからだ。

だから『旅のご無事を』なんて言われたのだろうか。知らない世界に飛ばされたのだろうか。

あぁ、朝起きたら見慣れた自分の部屋だったらいいのにな。今日あったことは全部夢でした、で終わればいい。

……もう、考えるのも億劫（おっくう）になってきた。眠い。落ち込んだり悩んだりした時は、私はいつもとりあえず眠ることにしている。

「おやすみなさい」

大事な大事な本。それに軽くキスして枕元に置く。そして私は眠りについた。

眠りに落ちる間際、最後に頭に浮かんだのは、なぜかアメルさんの笑顔だった。

二　クレーム・ド・カラメル

翌朝。目を開けたら見慣れない高い天井があった。私が住んでいる部屋のワンルームの低い天井と明らかに違う。白地にブルーの花が描かれたタイル張りの天井。蛍光灯もない。それに、私のベッドはこんなふかふかじゃない。

寝起きでぼーっとした頭が覚醒してくると、昨日のことが思い出される。

「やっぱり夢じゃなかった……」

がっかりしつつも起き上がり、昨夜借りた服に着替えていると、誰かが部屋のドアをノックした。

「はい」

「お目覚めですか」

ドアの向こうから声が聞こえる。この声はサレさんだ。

慌ててドアを開けると、麗（うるわ）しい笑みを湛（たた）えたお姉様が立っていた。

「おはようございます」

「朝食、ご一緒にと思いまして」

誘いに来てくれたんだ。嬉しいな。

「よく眠れましたか？」

「はい。ありがとうございます」

枕がかわろうと、どこでもぐっすり眠れるのが、私の少ない取り柄の一つ。なんだかんだでぐっすり寝たものだから、今は気分もスッキリしている。

食堂に向かって歩く途中、サレさんが申し訳なさそうに言った。

「昨夜、あれから書物で異世界について調べてみましたが、よくわかりませんでした」

「すみません……お手間を取らせてしまって」

「いいえ。私は好きでやっているのですから、謝らないでくださいな。私は思うの。来られたのだから、帰る方法もあるはず。それを一緒に探しましょう。時間はかかるかもしれないけど、きっと見つかりますわよ」

ああ、本当にいい人だなぁ。いきなり知らない世界に飛ばされて散々な状況だけど、アメルさんやサレさんみたいないい人たちに出会えた。それは本当に幸せなことだ。

昨夜と同じ食堂に行くと、お城の人たちが数人食事をしていた。

「朝は一日の力を溜めなければいけませんから、しっかり食べませんとね」

サレさんの言うとおり、確かに朝食は大事ですが……

受け取ったトレイの上には、朝からこんなに？　というくらいたっぷり盛られた食事。ジャムらしき物とチーズが添えられたパンに、茹でた野菜、それにスープと卵料理。

わぁ、嬉しい。卵は大好き！　オムレツがすごくおいしいよぅ！　嬉しくて泣きそう。

サレさんによると、バニーユはこの世界でも有数の広さを誇る大国らしい。気候や水資源に恵まれていて、農業や牧畜がとても盛んなのだそうだ。だから食材が豊富で、このように新鮮な野菜や卵がいただける。ご飯がおいしいというのは、何よりも素敵だと思う。

私がありがたく食事をいただいていると、サレさんが何かを思い出したように言う。

「そうそう。アメル様から聞きましたわよ。エミさんはとてもおいしい物を作れるそうですね。すごい物を食べさせてもらった、と興奮しておいででしたわよ」

すごい物……アメルさん、どんなふうに説明したのかな？

「私、お菓子職人のタマゴなんです」

「まあ、お菓子を作るのですか？　私も甘い物は大好き。今度、食べてみたいですわ」

うん、サレさんにも私が作ったお菓子を食べてもらいたいな。

食後は、サレさんにお城の中を少し案内してもらった。ものすごく広く綺麗で、隅々まで手入れが行き届いている。花器に飾られた花や、柱や格子窓の意匠はどれも見たことがなく、目を引く。でも決して奇抜な感じではなくて、どことなく落ち着く。

すれ違う人は、みんなにこやかに挨拶してくれる。とても愛想がよくてフレンドリーな感じ。せかせかした感じもなく、のんびりと大らかに生きてるんだなという印象だ。

アメルさんはかなり体が大きいと思っていたけど、どうもこの国の人たちは日本人よりも背が高く、体つきがしっかりしている人種みたい。私の世界でも、日本人は海外では若く見られがちだった。さらに私はその日本の中でも背が低いので、中学生くらいに見えるらしい。

観察しつつ歩いているうち、壁がなく柱だけの開放的な渡り廊下に出た。中庭だろうか、花壇に囲まれた石畳の広場が見える。庭師がのどかに花壇を手入れしている横では、剣を持ち、素振りをしている数人の男の人がいた。昨日会った騎士団の人みたい。

あっ、アメルさんもいる。一人の男性と向き合い、剣を構えていた。

あの剣って本当に斬れるものなのかな？　怪我をしないか、なんだかハラハラする。だけど、刃と刃のぶつかる音や足音がリズミカルで心地いい。アメルさんの動きはとても俊敏で無駄がない。森で獣を倒した時もすごかったもんな。やっぱりこうやって毎日鍛えてるんだね。

束ねた髪が尻尾みたいに舞い、力強く振るわれる剣の軌跡が銀色に輝く。それは美しい舞踏のようで、思わずほうっと見惚れた。

アメルさんってこうして見ると、飛び抜けてカッコイイな……

気が散るといけないから、と私たちは声をかけずにそっとそこから離れた。


さて、サレさんの部屋に戻ってきたけど、私は正直ヒマ。サレさんは何やら忙しくしているので、お邪魔してはいけない。

もちろん帰る方法を探すのは、一番大事なこと。だけど、サレさんも言ってたように、もしすぐに帰れる見込みがないのなら、私も腹を括らねばならない。こちらにいる間の身の振り方を考えておかないと。

サレさんは私のことを、『アメルさんが辺境の森で助けてきた海の向こうの国のお姫様』と王様に紹介してくれたそうだ。異世界から来ただなんて突飛な話、なかなか信じてもらえないもんね。

お姫様というのが少々引っかかるけれど、それで皆さんを納得させられたらしい。

しかし私のような庶民、ましてや異世界から来た者が、そんな偽りの身分でずっとお城にいていいはずがない。もし我儘を言わせていただけるのなら、厨房のお皿洗いでも掃除係でもいいから、お城でお仕事をもらえればありがたいな。駄目なら、城の外で生きていく術を見つけなきゃ。

と、その前に。いろいろとお世話になっているのだから、何かお礼をしたい。

でも私はなんの取り柄もないし、できることと言えば……

『あんな美味い物は生まれて初めて食べた』

『今度、食べてみたいですわ』

アメルさんとサレさんの言葉を思い出した。最高に嬉しい言葉だったけど、残念ながらアメルさんが気に入ってくれたボンボン・ショコラは材料がないと作れない。アメルさんが初めて食べたということは、この国にはカカオがない可能性も高い。

ずーっと難しい顔だけど、アメルさんはどうやら甘い物が好きみたい。それだったら何か他の物でも、お菓子なら喜んでくれるかな？　サレさんにも食べてもらいたいし。

問題は材料。昨夜の夕食と今朝の朝食に使われていた物を思い出す。

パンがあるということは小麦粉もある。朝食のオムレツは上質の油脂独特の風味がしたので、卵とバターもあるだろう。シチューにはミルクもふんだんに使ってあった。デザートの極甘の果物の砂糖漬けには砂糖が使われている。

……うん、できるかもしれない。メニューも決めた。

「あの、空いてる時でいいので、厨房を使わせていただけますか？」

思いきってサレさんにお願いすると、すぐに料理長に話をつけてくれた。

「道具も材料も好きなだけ使ってください、とのことでしたわ」

食堂の料理長は快く許可してくれたみたい。

それではお言葉に甘えることにしよう。


お城の厨房は思っていた以上に充実していた。木の樽のコックをひねると、水が出たり止まったりする水道もある。炭か薪が燃料のコンロがいくつも並び、石窯式の大きなオーブンもある。これだけ充実していたら不便はなさそう。そして、何より驚いたのは冷蔵庫があること！

その仕組みを、料理長が教えてくれた。

「この城の近くにある山には、夏でも溶けない氷の洞窟があって、そこからとても冷たい水が地下を流れてきているんです。それを水車の動力で汲み上げて管に通しています。その管を巡らせた箱の中はキンキンに冷えるので、そこで食材を保存するのです。ちなみに管は水道の樽に繋がっているんですよ」

へぇ、結構進んでるなぁ。冷蔵庫があればお菓子を作りやすい。これはラッキー。

さらに冷蔵庫と同じ原理で、常に火がついているコンロや石窯に水を通す管を潜らせて、常にお湯が出る仕組みまであることも判明。侮りがたし、異世界。ガス、電気がないのにエコで便利！

卵、牛乳は……見た目はほぼ同じだし、とても新鮮そう。

問題はお砂糖。甘みも風味も申し分ないけど、かなり結晶が粗い。それに、材料や精製技術そのものが違うのか、白くない。三温糖に似ていて、茶色というよりやや黄色っぽいところが若干不安。

「ま、なんとかなるかな」

案ずるより産むが易し、と言うじゃない。

「ではお借りします。ちゃんと片付けまでしますから」

「どうぞどうぞ。夕食の準備まで空いております。ごゆっくり」

この国では朝にガッツリ食べるので、お昼はお弁当やサンドイッチと果物などの簡単な物で済ませるらしい。それらは朝食と一緒に用意しておくのだそうだ。そんなわけで夕食の仕込みが始まる時間までは、厨房の人たちは市場への買い出しや自由時間を過ごすという。異国の料理に興味があるという料理長は、できあがったら一口ください、と言い残して去って行った。

さて、まずは器具を用意しようとした時――

「エミ」

アメルさんがやって来た。さっきの中庭での勇姿を思い出して、なんだか照れる。

「サレに聞いたらここにいると言われた」

「今からここをお借りしてお菓子を作らせてもらいます。できあがったら食べてもらいたいので、持っていくまで待っててくださいね」

するとアメルさんが意外なことを言い出した。

「手伝わせてくれ」

「えっ、でも……」

騎士団のお仕事はいいのかな？　私がいることで邪魔してるんじゃないだろうか。そうアメルさんに問うと、予想外の言葉が返ってきた。

「拾った以上は責任がある。それに……」

……犬猫でも拾ったような言い方だね。でもなぜか腹は立たない。

「それに？」

「どうやってあのような美味い物を作るのか、興味がある」

「チョコレートは作れないですよ。材料がないので」

「他の菓子も作れるのか！　それはますます気になる」

……無愛想なままで、お散歩待ちのワンコのように目をキラキラさせるアメルさん。ある意味非常に器用な人だな。

「助手として力を尽くす」

ううーん、アメルさんが気合を入れてしまった……。お礼をしたい人に手伝ってもらうというのもなぁ。まあ、いいか。

では、始めよう。まずは私の数少ない旅のお供、学校のトートバッグと宝物の本を用意。

「見守っていてください」

本を棚に置かせてもらい、そう祈りをこめて手を合わせる。

その様子を見ていたアメルさんが、不思議そうに聞いた。

「エミはその書物を随分大事にしているな。生国の聖典か何かか？」

聖典……思わず噴き出しそうになったけど、言われてみたらそうかも。

「ま、私個人にとっては、そんなところです」

さて、改めてバッグを見てみる。電源が入らないスマホ以外に、教科書と筆記用具、愛用の泡立て器と計量カップ、計量スプーン、パレットナイフ、絞り口、クマさん形のキッチンタイマー、そして学校のロゴ入りコック帽とエプロンが入っていた。これだけでもあれば助かる。

料理長が分けてくれた厨房の材料、卵、ミルク、お砂糖もスタンバイ。

アメルさんはたった三種類の材料を見て驚いた様子だ。

「え？　材料はこれだけでいいのか？」

「はい。これだけですよ」

さて、型にできる物はあるかな？

壁一面を埋める食器棚を見ていくと、隅の方でいい物を見つけた。湯のみくらいの大きさで浅い金属製の器だ。色はアメルさんの髪の色によく似た赤銅色。銅でできてるのかな。

大きさも深さも申し分ないが、アメルさんに用途を聞いてみる。

「この入れ物は何に使う物ですか？」

「この国では、めでたい席で花や果実を入れた温かい酒を飲む。花酒杯という。それ用の器だ」

温めたお酒を注ぐのなら、耐熱性は問題なさそう。じゃあこれを使わせてもらおう。

いろいろな準備をして、エプロンを着けてコック帽を被る。アメルさんが甲冑をつけるのと同じ。

これは私の戦闘服。

「変わった帽子だな」

アメルさんは帽子が気になったみたいだ。

「これは職人の帽子です。私はまだ修業中なのでこのくらいですが、偉い人はもっと高いんですよ」

そんな豆知識を披露しつつ、手を綺麗に洗って作業開始。ここからは私の大好きな時間だ。

「あー、助手さん。そこの小さめのお鍋を取ってください」

「これか？」

アメルさんに取ってもらったのは、上の棚に置かれたミルクパンくらいの片手鍋。これも銅製かな？　大きさの割に重いけど使い込まれてて、いい感じ。

まずはお鍋に砂糖とほんの少しの水を入れ、カラメルを作る。

砂糖は色がやや濃いけど、ちゃんと飴状に変化していく。コンロの火加減がよくわからないから慎重に。

しばらくすると鍋の中身は濃い褐色に変化し、カラメル独特の甘苦い匂いがしてきた。

「焦げつかないか？」

じっと様子をうかがっていたアメルさんが、心配そうに言う。

「大丈夫ですよ」

ギリギリのところで鍋を火から下ろし、熱湯を少々入れる。これでカラメルソースは完成。熱い内に器に流し込む。

次に別の鍋でミルクを温め、砂糖を溶かす。残念ながら香辛料の棚にバニラがなかったので、香りはつけない。それも素朴でいいかもしれない。砂糖が色付きなのでちょっとミルクの色が茶色っぽくなったけれど、大丈夫だろう。

横ではアメルさんに卵を割ってもらっている。難しい表情だけど、なんとなく楽しそうだ。しかもすごく手つきがいい。この人はお料理好きなのかな？

木のお椀に、たくさんの卵を割り入れてくれる。

「このくらいでいいか？」

「はい。ありがとうございます」

アメルさんは調理助手として大変優秀だ。とても騎士様とは思えない。ひょっとして甲冑よりエプロン、剣より泡立て器のほうが似合うのではないだろうか。

そんなことを思いつつ泡立て器で卵をよく溶いて、人肌に冷ましたミルクと合わせる。

ここで舌触りのよさが変わるので、慎重に。濾し器が見つからなくて、ガーゼに似た薄布を熱湯消毒して代用した。キメの細かい布で濾したから、かなりなめらかな舌触りが期待できそう。

「手間がかかるものなのだな」

「まだこれで工程の半分くらいです。これを今から蒸し焼きにします」

先にカラメルを入れておいた器に液を流し込んで、浅くお湯を張っておいた大きな鍋に並べる。

いつもはお湯を張った深めの天板に並べてオーブンで熱するのだが、石窯は使ったことがないのでお鍋で蒸すことにした。

器に生地を流し込み、蓋をして蒸し焼きにすること約二十分。と言っても、火加減の勝手が違うので、目視と勘も必要かな。

蓋を開けて様子を見ると、ちゃんと固まってる！　いい感じだよ。

「これでできたのか？」

「今度は冷やしましょう。冷たいほうがおいしいです」

「まだなのか……」

無表情のままだけど、ちょっとがっかりした様子のアメルさん。

冷蔵庫で冷やしている間に片付けをしていたら、サレさんがやってきてお茶に誘われた。

喜んでお茶の席につくと、彼女は私に向かって微笑んでくる。

「エミさん、アメル様が邪魔をされませんでしたか？」

にこやかに酷いことを言うね、このお姉様。

アメルさんは不機嫌そうな顔を一層ぶすっとさせたけど、言い返しはしない。いつもこういう扱いなのだろうな、と想像できて微笑ましい。

「とても優秀な助手さんでした」

私が言うと、アメルさんはちょっと赤くなる。それに微妙にドヤ顔だ。

褒められた子供みたい……案外、単純な人なのかもしれない。

そうしている間に、アレが冷えた。器のまま食べるのもありだけど、せっかくだからひっくり返したい。アレはやっぱり山の形でぷるん、とお皿で揺れるのが理想だと、私は思う！

ぬるま湯を張ったボウルに、冷やした型をお尻だけ潜らす。それから黄色く膜の張った生地の表面の端っこをスプーンの背で押し、細い串で周りをしゅるんと一回転なぞる。そしてお皿を被せて、勢いよくひっくり返しながら振ると――

すぽんと形よく容器から飛び出した中身。その淡黄色の表面に、褐色のソースがたらりと広がる。

「よしっ！　クレーム・ド・カラメル完成！」

卵、ミルク、お砂糖だけでできる物。つまりプリン。

完成の瞬間は、何度味わっても心地よい陶酔感に浸れる。満足する私の横で、妙に冷静な人たちが口々に言う。

「珍妙な形だが美味そうだな」

「結構地味ですね」

珍妙……地味……

アメルさんとサレさんが手厳しい。そうか、初めてプリンを見る人には、地味に見えるのか。

気を取り直して、できあがったら最初に、と決めていたことを実行しよう。

「アメルさんにお願いがあります」

「な、何をすればよい？」

フフ、緊張してる緊張してる。

「試食です」

お皿に出した第一号のプリンを差し出すと、アメルさんは無表情のまま目をきらーんっと輝かせた。

サレさんが興味津々(きょうみしんしん)という顔で覗きこむ横で、アメルさんは皿を受け取り、まずスプーンの背の丸い部分でプリンをつつく。ふるふると震えるプリン。我ながらよい硬さにできた。

ひとしきりつついて、アメルさんが言った。

「このような感触の食べ物は初めてだ」

「何やら妖艶(ようえん)な気がしますわ。豊満な女の乳房(ちぶさ)のような」

サレさん……それたとえがちょっと。アメルさんは眉間にくっきり皺(しわ)を刻んで、耳まで赤くなっている。

アメルさんはおそるおそるスプーンでプリンを掬(すく)い取った。そしてぱくんと口に入れる。

そして数秒の後、アメルさんは『カッ！』と目を見開いた。ボンボン・ショコラを食べた時と同じ。

「これは……噛(か)まずともふわりと溶け、卵と乳(にゅう)の優しい甘味が口いっぱいに広がる。この黒いソースも甘すぎず苦すぎず、なんとも複雑。それでいて繊細(せんさい)な芳(かんば)しい香りが心地よく、まろやかな生地の部分と調和する」

アメルさんは普段はあまりしゃべらないのに、こういう時は饒舌(じょうぜつ)なんだな。ちょっと驚き。しかも料理評論家のような口調だ。その後は結構な勢いで食べて、あっという間に完食。食べっぷりのいい人は見ていて気持ちがいい。

「美味（うま）い」

そう言ってほんの少し口元に笑みを浮かべてくれた！　よかった、ちょっとはお礼になったかな。

それを見ていたサレさんも興奮気味。

「私もよろしいですか？」

「もちろんです。食べてください」

こちらはお上品に、真っ赤な唇でつるんと吸い込んで食べるのが、色っぽくてドキドキだ。

「まあ！　なんておいしいのかしら」

サレさんもニッコリしてくれた。お口に合ったようで何よりだ。

「長く生きておりますが、このような優しい食べ物は初めてですわ」

「サレさん、長く生きてって……大層な」

ツッコミを入れた私に耳打ちするように、アメルさんが呟（つぶや）いた。

「エミ、俺が物心ついた頃にはサレはもうこの姿だった。年は察しろ」

え？　ナニソレ？　サレさんはどう見てもアメルさんと同じくらいか、数歳上くらいにしか見えないよ？　今のは聞かなかったことにしたほうがいいのかな。

「アメル様、何かおっしゃって？」

笑顔のまま微妙に殺気を放（はな）つサレさんから、アメルさんが目を逸（そ）らす。

「い、いや……」

仲がいいんだか悪いんだか。でもサレさんのほうがアメルさんを圧倒しているのは、見ていてわかる。やはり、かなり年上というのは嘘じゃないのかも。

それはさておき私もプリンを食べてみる。これは、今まで作った中でも屈指の出来だと思う。卵もいいし、ミルクがかなり濃厚だからだろうか。生クリームを入れていないのにコクがある。これにバニラビーンズかお酒で風味をつけたら、もっとおいしかっただろうけど、これはこれでありだ。

食べ終えて一息ついた頃、サレさんとアメルさんがとんでもないことを言い出した。

「こんなに美味(うま)い物を私たちだけで食べてはいけませんわね」

「うむ。王と王妃にも献上するか」

「け、献上って……！」

ものっすごくシンプルな基本のプリンだよ！　一国の王様に差し上げるような代物(しろもの)ではないと思うんだけど……

「では先にお知らせしてまいりますね」

戸惑う私をよそにサレさんはそう言うと、さっさと行ってしまったのだった。


只今、王の謁見(えっけん)の間(ま)。騎士の恰好で前に剣を置いたアメルさん、サレさんと並んでお盆を掲(かか)げ、玉座(ぎょくざ)に向かって跪(ひざまず)いているところ。

しずしずと奥から人が出てくる。

わぁ、すごく感じのいい美男と優しそうな金髪の美人さん。この人たちが王様と王妃様？　思ったより若い。豪華な衣装で玉座(ぎょくざ)につくさまは、特別なオーラを感じる。後光が差すくらい眩(まぶ)しい。

「王と王妃におかれましてはご機嫌も麗しく……」

まずはアメルさんがご挨拶。すると、王妃様がぷっ、と可愛らしく噴き出した。

「アメルったらイヤですわ、そんなに改まって頭を下げなくても。名前が変わったからといって、ウチの子には変わりないんですから」

「そうだぞ。顔を上げよ。普通に父、母と呼ばんか」

王様も少し呆れたように言う。しかしアメルさんは首を横に振った。

「いえ、そのような訳には……」

「相変わらずお前は硬いのぉ。で？　何やら美味い物を食べさせてくれるとな？」

「楽しみですわねぇ」

王様と王妃様はしゃべり方がとても砕けてて、フレンドリーな感じでびっくり。

……って、それより！　今なんかものすごい話が聞こえた。こっそり横のサレさんに聞いてみる。

「アメルさんって、ひょっとして王子様なんですか？」

「はい。嫡子の兄上がおいでなので、いざこざを避けるため早々に継承権を返上なさいました。今は王妃様の生家デュラータ家の名跡を継ぎ、騎士団に身を置いておいでですが、王のご子息でいらっしゃいますよ」

……そういう情報は先に聞きたかったです、サレさん。私、王子様に失礼なことをしたのでは？

昨日なんか失敗作のチョコを食べさせたし、馬に乗せてもらってるのに腕の中で居眠りしたよ。

そういえば門を潜る時とか、他の人の対応とか、端々に格が違う感じはあった。それによく見たら、髪の色や顔立ちが王様とよく似てる。

そんなことを思っていると、アメルさんが私に立つように告げた。ちゃんとご挨拶せねば！

「エミと申します」

プリンを載せたお盆を持ったままなので、少しお辞儀するだけでご勘弁願いたい。

「おお、そなたがアメルが連れ帰ったという異国の姫か」

「小さくて可愛らしいこと。そうですの、アメルったら見合いをことごとく断っていたのは、こういう娘さんが好みだったからなのね」

「アメルも隅に置けぬのぉ」

あ、あのぉ……王様と王妃様が思いっきり盛り上がっているのですが……？

隣のアメルさんは反対に思いっきり盛り下がって、眉間の皺が深くなっている。

「……サレ、お前はエミのことをどう説明をしたんだ？」

「まあ少々アレンジして」

やっぱりこの魔法使いのお姉さんはお茶目さんなのだろう。アメルさん、私のせいで誤解されてしまってスミマセン。さっさとプリンを差し出せと目で訴えている彼に従い、プリンを載せたお盆を王様たちのもとに運んだ。

「ふるふるしておるの。これはなんという物じゃ？」

王様が器と匙を手に取って尋ねる。

「クレーム・ド・カラメル……プリンといいます。卵と乳と砂糖だけで作ったお菓子です」

「ほう。ごくありふれた材料のようだが」

思いきりよく匙で一掬いして、口に入れた王様。

「なんと！」

カッ！　目を見開いた。この反応は遺伝なのだろうか。アメルさんとリアクションが同じですね、王様。

「美味！　舌の上でとろけおるわ。このような食感は初めてじゃ」

美形の王様がにかっと笑ってくれた。お気に召していただけたみたい。

続いて王妃様にも食べていただく。

「まあ！　本当。これはなんと優しいお味なのでしょう」

こちらも気に入っていただけたご様子。よかったー！

お二人は半分ほど食べたところで、突然手を止めた。そして、少し悲しげな表情を浮かべる。

え……やっぱり気に入らなかったのかな。ドキドキしていると、王様がぽつりと言った。

「のう、姫よ。これはまだあるか？」

姫とは私のことか。一拍遅れて頷く。

「はい、まだございますし、作ろうと思えばいつでも作れます」

「そうか。それを聞いて安心した」

そうしてお二人は完食した。お皿を置いて、王様は王妃様に言う。

「これなら、カネルも食べられるのではないだろうか」

「ええ、私もそう思ったのです。これならひょっとして……」

なるほど、食べさせてあげたい方がいるから、残しておこうとしたのか。

気になったのでアメルさんに聞いてみる。

「えっと、カネル様というのは？」

「このバニーユの世継ぎの王子で、俺の兄だ」

説明してくれたアメルさんもなんとなく沈んだ表情。そして詳しく話してくれた。

社交的で非常に頭のよいカネル王子は、臣下にも国民にも好かれる、とても素敵な方。アメルさんが騎士団に入ったのも、尊敬する兄に尽くすためだったという。でも元々体があまり丈夫ではない王子は、ここ最近酷く調子が悪いらしい。なぜかどんどん弱っていく一方。ついには公務の途中で倒れて、しばらく部屋にこもりっきりなのだそうだ。

「先日からは起きられないくらい具合が悪くて、ずっと臥せっているの。とにかく栄養を摂らなければ体が弱る一方なのに、何を口に入れてもすぐに吐いてしまって……。医師も困り果てていて、このままでは命もいつまで持つか……」

王妃様が涙を浮かべて、口を手で覆った。

それは心配だ。プリンは消化にいいし栄養価が高いから、ちょうどいいだろう。

「もう私たちの顔も見たがらないの。エミさん、カネルのところにこのお菓子を持っていってやってはくれませんか？」

え？　私が？　なぜ私が……

そう思うのだけど、自分でもよくわからないながら、何かの力に導かれるように私は頷いた。

「わかりました。よく冷やして持っていって差し上げましょう。体調の優れない時は、できるだけ冷たくて舌触りのいいものの方が口に入れやすいと思います」

生意気にも仕切ると、誰も異論を唱えず頷いてくれた。


トントン。カネル王子の部屋の豪奢なドアをノックして、アメルさんが声をかける。

「入ってよろしいか？」

「……どうぞ」

程なくして、か細い男の人の声が返ってきた。

私は冷蔵庫でよく冷やしたプリンを持って、アメルさん、サレさんと共にお部屋に入る。

その方は白いベッドに横たわっていた。王妃様によく似た金色の波打つ巻き毛に、知的で優しげな顔立ちは、まさに王子様という風情。背も高そうだし、元気ならさぞ光り輝くような美丈夫であろう。

しかし今は、肌が病的なまでに青白い。青色の目も生気がなく、頬は痩けている。相当弱っているとわかって胸が痛かった。

「アメル、来てくれたのか」

カネル王子はアメルさんの顔を見ると嬉しそうな顔をした。お兄ちゃんも弟が大好きなんだね。

でもアメルさんに向かって伸ばした白い手が震えている。体を起こそうとしてるのに起きられない、といった感じ。ほんの少し頭を持ち上げただけで、カネル王子はまた臥せってしまった。

「……兄上、酷くおやつれになって」

細い手を握ったアメルさんの声も悲しそうだ。

ん？　気のせいかな？　カネル王子の周りを、黒い靄のようなものが取り巻いている？　それがまるで王子の首を絞めて、ベッドに押さえつけてるみたいに。

「邪気が強くなっていますね……」

サレさんも何か感じているらしい。ぶるっと身を震わせて腕を抱いてる。

「僕が死んだら、アメル、お前が父上を支えるのだぞ」

「縁起でもないことを！」

兄弟の切ない会話を黙って聞いているしかない。確かにこの弱りようは尋常ではなさそうだ。何が原因なんだろう。不思議に思っていると、カネル王子の次の一言ではっとした。

「……もう、疲れたんだ……アメル」

ああ、この方は生きる気力を失っているんだ。生きようと思えないと、体は食べるものすら拒否することがある。

数年前の私とよく似てる。パティシエ風間のお菓子に、出会う前の。

気付けば私はプリンを彼に差し出していた。

「一口、食べてみてください。ダメだったら無理なさらなくてもいいですから」

「君は？」

今初めて私の存在に気がついたように、カネル王子が私を見た。

「兄上、この娘はエミです。彼女が作った菓子を食べれば、元気が出ます」

アメルさんも勧めてくれる。正直、効果はないかもしれないが、たとえ一口でも何か口に入れることが大切だ。

「菓子？　すまぬ、甘い物は苦手で……」

「そう言わず、一口食べてご覧なさい。きっと兄上もお気に召します」

アメルさんはプリンを掬った匙を差し出す。しぶしぶという感じで小さく口を開けたカネル王子。

血色は悪いけど形のいい唇に、淡黄色のプリンがするんと吸い込まれる。

一瞬カネル王子はムッとした表情を浮かべた。やっぱり駄目かな……そう思った時。

「あ……」

カネル王子はごくん、と呑み込んだ。よかった。しかもカネル王子はなんとも言いがたい、ふわんとした笑みを浮かべる。それは幸福感を得た時の表情。

「アメル、もう一口欲しい」

そう言って、カネル王子はもう一匙食べてくれた。思わず、小さくガッツポーズする。

幸せの笑顔ともっと食べたいという言葉は、作った者への最高のご褒美。おいしい物を食べて嫌な顔をする人はいない。もっと食べたいはおいしい以上の賛辞だ。

「これはとても不思議な物だね。するっと喉を通る。気持ち悪くならない……」

カネル王子はひょい、と身を起こして自分で座った。えっ、随分身軽に座ったんですけど？

「自分で食べられる」

王子はアメルさんからお皿を受け取ると、食べ始めたではないか。

「おいしい……おいしいよ」

涙を浮かべながらぱくぱく食べる王子に、アメルさんもサレさんもぽかーんとしている。

私も嬉しいを通り越して、逆に大丈夫なんだろうかと心配になってきた。今まで物を受けつけなかった胃が、びっくりしてしまわないだろうか。

そんな心配をよそに、一皿平らげた王子は空のお皿をアメルさんに渡すと、私を手招きした。

「ごちそうさま。ああ、おいしかった。君が作ったんだよね？　名前はなんと言ったかな？」

「エ、エミと申します」

「エミ！　すごいよ、君。こんなに小さいのに」

そう言って、すっくと立ち上がった王子にハグされたが……小さくてスミマセン。

あ、いや！　今はそれどころじゃない。カネル王子ってば、立ち上がってる！　自分の足で。

そんな……さっきまで頭すら持ち上げられなかった人が！

「無理をなさらないでください」

「大丈夫。なんだろう、力が湧いてくる。もう死んでもいいと思っていたけど、生きたい、もっと生きたいと思えるんだ。君が作ったのは魔法の薬？」

唇は薔薇色に色付き、生気のなかった目も宝石のように輝きを取り戻している。うわぁ、間近でみるとホントに綺麗な王子様！

「い、いえ……その……あれは、た、ただのお菓子ですから」

恥ずかしくなって思わずサレさんの後ろに下がった直後、カネル王子の周囲を取り巻いていた黒い靄が消えていることに気がついた。かわりにキラキラした白い光が差しはじめる。なんだろう、すごく不思議。

「サレさん、あれって……」

さっき、サレさんにも見えているようだったよね？　私が尋ねようとした時、サレさんは一歩前に出て、何かに備えるかのごとく構えた。

「出てきますわよ」

サレさんの言葉の直後、大きな物がぶわっ、と王子の体から飛び出した。

「えっ？」

それは人のようにも獣のようにも見えた。半分透き通ってて生き物なのかも怪しいけれど、とにかく形を持つ青白い何か。それは白い光に包まれて、苦しげに身を捩っている。

ええーっ？　あれ、何っ？　あんなものが王子の中にいたの？　私は目の前の信じられない光景に戸惑い、その場に固まる。

慌ててアメルさんがカネル王子を庇い、腰の剣を抜いた。迷わずに振り抜かれた剣は、確かにカネル王子から出た何かを袈裟懸けにした。でも何も変わらなくて、アメルさんは舌打ちする。

「効かぬか……！」

サレさんは呪文らしき言葉を呟いて、王子から飛び出したものに手を伸ばす。けれど、目に見えない力に押し戻されるように、すぐに数歩後ずさった。

何？　何が起きてるんだろう。わけがわからずに、私はただ立ちつくすしかない。

確かに私もカネル王子からあんなのが出てきたのには驚いた。でも私は驚いただけで、なぜか怖いとは思えない。それでもアメルさんやサレさんがああして抵抗しているところを見ると、よくないものなのかな？

「アメル、サレ、どうした？　何かいるのか？」

何が起こっているのかわからないのは、私だけでなくカネル王子も同じらしい。いや、そもそも王子にはあれが見えていないみたい。

そうこうするうちに、その『何か』は壁の方に移動して、すぅっと消えてしまった。

「逃(のが)してしまいましたが、浄化されて追い出されたので、しばらく害はないでしょう」

ため息をつきながら言ったサレさんに、私はおそるおそる尋ねる。

「今のは一体……？　最初は黒い靄(もや)みたいだったのに、光ったと思ったら姿が変わって……」

「あら。最初から見えていらっしゃったのね。あれはカネル様に取り憑(つ)いていた悪霊です」

「は？　悪霊？」

確かに黒い靄(もや)の時は悪くて怖そうだった。しかし姿が見えてからは不思議と怖い感じはしなかった。悪霊という雰囲気じゃなかったけどな。

「はい。でも不思議なことに、エミさんのお菓子を食べた途端に浄化され、体から追い出されたのです。だから王子がお元気になられたのですわ。これはすごいことなのですよ！」

うーん、サレさんが興奮しているけど、よくわからない。

ここではなんだから、後で説明してくれるみたいだけど……

とにかく王子様に生きる気力が戻ったのはよかった、とひとまず胸を撫で下ろしたのだった。


抱き合って喜んだ兄弟、そして報告を受けて飛んできた王様と王妃様が、それはもう盛り上がっている。だから、サレさんと一緒にそろーっと抜けだして、彼女の部屋でお話しすることに。

この世界には、動物や人に取り憑く悪霊がいる。それが体に入りこむことによって悪さをし、謎の病にかかったり事故を起こしたりするらしい。先ほど黒いモヤモヤが見えたし、何かが体から飛び出したことをばっちり目撃してしまったので、悪霊の存在は信じるしかない。

「そこで私たち魔法使いの出番なのです。普通の人には見えない悪霊の姿を見、弱いものなら、契約精霊の力を借りた魔法で浄化することによって、体から追い出します」

なるほど。魔法使いというのは、本来そういうお仕事をする人なのか。

「ですが、カネル様に憑いていたもののように、強い力を持っている悪霊は、修業を積もうとなかなか浄化できないのが現実。それを一瞬で浄化してしまったのですよ、あなたは！」

うーん、そう言われても、浄化という言葉がいまいちピンとこない。

それに私が持つ悪霊のイメージと、先ほど見たものが噛み合わない。日本人としては、姿のない幽霊的なものを想像してしまう。だけど、先ほど見た何かは、曖昧だったけど形があった。アメルさんも剣で斬ろうとしていたし。その点を問うと、サレさんが詳しく説明してくれた。

「実は悪霊と呼ばれるものの多くは、元々は森や山に住む精霊なのです。精霊も、見える人間と見えない人間がおります。この世に住む、人以外の種族のようなものと考えていただければ、わかりやすいかもしれませんわね。悪しき闇の力に染まってしまった精霊は悪霊と化し、人の心の暗い部分、弱い部分に引き寄せられて取り憑いてしまいます。例えば、カネル様は健康面で不安を持っておいででした。そのような不安や苦悩が悪霊を呼びます。浄化とは、その闇の力を清め、本来の精霊の姿に戻すことなのです」

わかったようなわからないような。でも、確かに、そんな自分と違う存在が体に入ってしまったら、病気になったりするのも納得できた。

見える人と見えない人がいると言ったよね。カネル王子には、目の前にいる精霊が見えていないみたいだった。私はなぜか見える人らしい。そして……

「じゃあ、アメルさんも見える人？　アメルさんは精霊を剣で斬ろうとしてましたけど、そもそもあれって斬れるようなものなんですか？」

「アメル様は悪霊化したものは見えないようですが、元々魔法使いの素質を少しお持ちなので、本来の精霊の姿ならば見ることが可能なようです。そして精霊は、霊力がこめられた剣ならば、斬って滅することも可能です。まあ、普通の剣では斬れないのですが、先ほどはカネル様をお守りするために咄嗟に剣を抜かれたのでしょう」

サレさんの説明は続く。ここ最近は闇の力が増し、精霊の悪霊化が進んでいるという。あちこちで不審な事故や、謎の病が流行っているのだそうだ。

「さらにですね……」

この世界にたくさんある国同士は争いも特になく、長く平和な時代が続いていたのに、近年数々の諍いが起こり世界情勢が危ういのだとか。これも元は悪霊の仕業ではないか、とサレさんは言う。

特にその火種になっているのが、このバニーユの隣国であるファリーヌ王国。なんでも歴代、女王が治める国だそうで、現女王の代になってから突然他国に戦争を仕掛けて、領土を広げつつある。今のところまだバニーユは交戦せず均衡を保っているものの、他の小さな国は次々とファリーヌの支配下に置かれているという。

サレさんはさらに勢いこんで言う。

「私は、エミさんが今危機的状況にあるこの世界に来たのには、訳があると思っています。先ほどのカネル様の件で、ますます確信が深まりました！」

サレお姉様が興奮してる。なんか怖いよ？　色っぽい笑顔がどっか行っちゃってる。

「これを読んでみてください！」

ばんっ、と机を叩く勢いで置かれた一冊の書物。超古びていて、紙なのか木の皮なのかわからない、博物館に置かれてるような本。何、これ？　手書きっぽい。背表紙はなくて、革の紐か何かで縫われているだけ。

ちなみにこちらの世界の印刷技術はそこそこ進んでいるみたい。このサレさんの部屋の壁際に置かれたもう少し新しい本や、厨房で見つけたレシピ本っぽいので確認済みだ。

サレさんが栞を挟んであったページを開くと、縁に模様の入った紙面にびっしりと文字らしき物が並んでいた。知らない文字だ。

「よ、読めま……せん……」

「あ。そうでしたわね」

魔法でコミュニケーションは図れるようにしてもらったけど、文字を読めるようにはなってない。

というわけで、サレさんがかわりに声に出して読んでくれた。

世に黒く悪い種が蒔かれた時、一人の巫女が現れる
かの姫巫女、聖なる経典を携え
清き祈りと深い慈悲
剣と知恵を従えて
黒き力を清め、世を鎮める

ポエム？　お経？　どういう意味だろう。

「……これはこの世界のお伽噺で有名な『浄化の姫巫女』のことです」

「はぁ」

お伽噺で有名なのか。こう、救世主伝説みたいな？

「えっと、それと私にどう関係が……」

言いかけた時、ノックもなしに部屋のドアが開き、人が飛び込んできた。

「エミ」

アメルさんだった。兄上復活の感動はもういいのかな。

「何か？」

そう聞くと、アメルさんは私にある物を手渡した。

「これを厨房（ちゅうぼう）に忘れていたぞ」

渡された物を見て飛び上がる。それは私の大事な宝物、パティシエ風間のレシピ本！

そういえば棚に置いたままにしていた。

「ありがとうございます！　私ったら、こんなに大事な物を」

思わず本をぎゅっと胸に抱きしめる。ああ、落ち着く。

「……聖なる経典……」

サレさんがなんか言ってる。

「これですわよ、これ！　ほら！」

また興奮モードに突入した魔法使いサレさん。鼻息が荒くて、せっかくの美人が台無しになっている。彼女はまたもさっきの本の違うページを開く。今度は文字は少なめで絵があった。

そこに書かれているのは、片手で胸に本を抱きしめ、もう片方の手に盃（さかずき）を掲（かか）げた美しい女性。

アメルさんも覗き込んで、私と本の絵を見比べている。

「おお、なんか恰好が似てるな。絵の巫女（みこ）はエミと違って美女だが」

アメルさん……泣いていいかな。さりげなく酷いことを言うね。

そしてサレさんは言った。

「これで確定ですわ。エミさんはやっぱり本物の浄化の姫巫女なのです！」

――――はい？

「聖なる経典を携え、黒き力を清める。その書物、エミさんが若い女性だということ、それに悪霊を見、浄化して精霊に戻して追い払う力。まさに伝説の浄化の姫巫女ではありませんか！」

サレさんは、私の抱えている本を指さして、興奮気味に力説している。

聖なる経典？　伝説の姫巫女？　――駄目だ。堪えてても……

「フッ」

「エミ、お前今、鼻で笑ったな」

アメルさんは無表情のまま呆れた声で言った。

サレさんには失礼だったかとも思うものの、つい。でもこれが笑わずにいられれるだろうか。

「だって、私はそんなすごい存在じゃないです。巫女とか聖なる経典とか……私、普通の専門学生ですよ？　それにこの本は確かに、私にとってはこれ以上ないくらい大事な物ですけど、ただのお菓子のレシピ本。いっぱい印刷されて本屋に売ってる物です」

この本は主に女性に人気だったたし、そんなことを言い出したら、ものすごい数の伝説の姫巫女とやらがいることになってしまう。

「センモンガクセイというのはよくわかりませんが、それはエミさんの世界での話でしょう？　こちらに来られたのはあなた一人であり、その本はこの世界に一冊しかない。あなたにとって大事な物であることに変わりはないですわ。あなたが浄化の姫巫女ならば、すなわちその本が神聖な物だということ」

サレさんの返答の説得力は微妙。確かにこの世界にこの本は一冊しかないだろう。

「いやぁ、でも……私なんかが伝説のナントカというのは、無理がありすぎますよ」

エレベーターに乗っただけで異世界に来てしまい、わりとあっさりその現実を受け止めてる私。

それでも、やっぱり常識をそう簡単に覆すことはできない。自分自身がそんなお伽噺に出てくるような伝説の存在などと言われても。それはあまりにも、私の常識の範疇からかけ離れすぎている。

だがサレさんは折れない。

「先ほども言いましたが、エミさんがこの世界に飛ばされてきたのには、必ず理由があると思うのです。普通の人間が、理由もなく違う世界から突然この世界に来るなんて、ありえるでしょうか？

自分でも不思議ではないですか？　それはきっとこちらの世界に、あなたにしかできない大事な使命があるからですわ。そしてきっと、その使命を果たせば元の世界に戻れるのではないでしょうか」

「それは……」

じわじわと胸の奥に広がっていくのは、不安と不思議な納得。それと同時にやっぱり認めたくないという葛藤。

大事な使命？　私にしかできないこと？　だけど、でも、私にそんなこと……

「俺も……」

そこで、黙って聞いていたアメルさんが話しはじめた。

「サレのように詳しいことはわからないが、エミが作った菓子を食べて、カネル兄上が元気になられたのは事実だ。憑いていたものが離れたのをこの目でしかと見たし、それが悪霊を浄化したということならば、俺もエミが浄化の姫巫女だと思う」

「えー?」

アメルさんまでそんなこと言うんだね。サレさんはうんうんと頷いて満足げな顔だ。

百歩譲って、もし私がそうだとして。私はカネル王子の悪霊とやらを祓うために特別何をした、というわけでもない。どうやって浄化したのか、自分でもわかっていないんだよ?

そうだ、この本の浄化の姫巫女に関するところに書かれているのでは……と、本を見たけど生憎文字が読めない。というわけでサレさんに尋ねてみる。

「えーと、浄化の姫巫女とやらは、どうやって悪霊を浄化するんですか? 本にはなんと書いてあるんでしょうか?」

「残念ながら、姫巫女が悪霊を浄化する手法はまったく記述されておりませんね」

「マジ?」

なんでも書いてありそうな見た目なのに、役立たずっ! サレさんの返事にその本を投げ捨てたくなったが、そこはぐぐっと我慢。

そんな中、またアメルさんが言う。

「古に現れた際のことは知らんが、エミの場合はやはり菓子ではないか? あれに何か不思議な力があるのだろう。俺が最初もらった甘い物もおいしいだけでなく、全身に力が漲るような気がしたからな」

それを聞いたサレさんは、してやったりな顔になった。

「それですわよ！　エミさんが作った物を食べれば浄化されるのでは？　やはり、浄化の姫巫女本人に間違いありませんわ」

「ええー？　そんなものすごく取ってつけたように、アバウトな確定をされても」

カネル王子のあれは、生きる気力が戻るきっかけになったからじゃないかな。アメルさんにあげたボンボン・ショコラは、ただ単にカカオに滋養強壮の効果があるってだけで……。そう思っても私が言い出せずにいると、サレさんがくるりと身を翻した。

「そうとなったら、さっそく王と王妃にもお伝えしてまいりますわね！」

ちょっと待ってと止める間もなく、サレさんは軽やかな足取りで部屋を出ていってしまった。扉が閉まる直前に小声で『ひゃっほぅ！』と聞こえたのは、気のせいだと信じたい。

「行っちゃった……」

残されたのは、まだまったく得心のいかない私と、アメルさん。彼は何も言わず、無愛想な顔で私と一緒に扉を眺めているだけだ。

そのまま黙りこんで数分。ううっ、沈黙が痛い。堪えきれずに、アメルさんに聞いてみる。

「ねえ、アメルさん？　正直なところどう思います？　本気で私なんかがその伝説のナントカだと信じられます？」

くるん、と首だけコチラに向けたアメルさんは、やっぱり眉間に皺を刻んだ顔だ。

「信じる。だが正直、浄化の姫巫女というのはもっと神々しい女神的な美女を想像していた。それに聖なる力の行使も、もっと派手な魔法のようなものだと思ってはいたがな」

「で、ですよねぇ……」

確かに正直なところとは言ったけど、真顔でわりとハッキリ酷いことを言いますね、アメルさん。ゴメンよ、神々しい女神的な美女じゃなくて。派手な魔法が使えるでもなくて……じゃないよ！まだ私がそうだと決まったわけじゃないいんだからね！

とか思っていたのに、数分後、私は再び王様と王妃様の前に呼び出されていたのだった。


「おお、浄化の姫巫女がこの国に降臨されたとは！　なんと喜ばしいことか。世に凶兆が現れ、悪霊が満ち、このままでは長い戦乱の時代になることは必至。そんな不安に満ちた昨今、やはり神は救いの主を送ってくださったか」

イケメン中年の王様はご満悦のご様子。ものすごく興奮しているよ。なぜか王様は、私なんかに恭しくお辞儀をする。

「あ、あのぉ……」

「異界より遣わされ、こちらでの生活には不慣れで、いろいろと不便もおありだろう。だがご安心くだされ。倅のアメルが貴女様を見つけたのも、カネルの命を救ってもらったのも、まさに運命。このバニーユが国を挙げて浄化の姫巫女の後ろ盾になりましょうぞ！　その浄化の聖なる力を思う存分行使していただきたい」

あ、サレさん、私が異世界から来たことも話したんだね。しかも王様はあっさり信じた様子。

それにしても、王様にそんなに丁寧な口調で言われて頭を下げられても……。ついでに両手でがっしり握られてぶんぶん振られている。

「そのぉ……」

困惑する私から王様を引き剥がしてくれたのは、おっとりした王妃様だった。

「あなた。いかに神聖な浄化の姫巫女とはいえ、エミさんはまだこのように若いのよ。いきなり見知らぬ地に身一つで遣わされて来たなんて、きっと心細いと思います。その上そのように堅苦しくおっしゃっては、気が重くなるでしょうし、余計な重圧がかかりますわ。ねぇ、エミさん」

「は、はぁ」

やはり同じ女性として少しはわかってくれる……のかな？

王妃様は私を抱き寄せて、髪を撫でながら、とても優しく語りかけてくれた。

「もっと気楽に。サレから聞きましたが、いずれにせよあなたが元の世界に戻る方法はまだわからないでしょう？　それでしたら帰れるまでの間だけでも、力を貸してくださらないかしら？」

王妃様の穏やかな声と髪を撫でる手の感触に、思わずうっとりする。

「そうじゃの。帰れるまでは心配せずにこの城におられるがよい。全面的に協力しよう」

王様も少し落ち着いてそう言ってくれた。

「向こうには家族もいるでしょう？　きっと心配しておいででしょうし、あなたも恋しいわよね？

寂しかったら、私たちを父と母とでも思って甘えてくれていいのよ」

優しく微笑む王妃様の言葉に、胸がきゅっとなった。確かに恋しい。でもそれは元の見慣れた世界に対してだ。私に家族はいないし、心配してくれている人がいるかどうか。

だから、甘えてくれていいのよという言葉が、私はちょっと嬉しかった。お父さんとお母さん……か。王様と王妃様に恐れ多すぎるけど……

でもなぁ、私はそんな大それた伝説の姫巫女とやらではないと思う。まだ信じられないし認められない。とはいえ、いきなり知らない世界に飛ばされた原因が、もし私にここで何か成せということであったなら……サレさんの言う通り、こちらでの使命を果たせば帰れるのかもしれないとも思う。逆にできなかったら帰れない？　そうしたら、帰れるまでの間お世話になっちゃっていいのかな？　ありがたいけど、もし違っていたらと思うと、こんないい人たちを騙すようで気が気じゃない。

ま、もし違ってたら、かわりにできることをしよう。もっと気楽に。王妃様もそうおっしゃったじゃない。

などと、ちゃっかり開き直りはじめていると、王様が一歩歩み出た。

そこには、騎士の恰好で跪くアメルさんがいる。

「アメルよ、お前に命ずる。騎士として浄化の姫巫女を守り、助けよ。姫巫女の剣となるがよい。それがお前の使命だ」

厳粛な声でそう言った王様に、アメルさんは顔を上げ、鞘に収めたままの剣を目の前に掲げた。

よくわからないけど、何かを誓う仕草のようだ。

「この命に代えましても」

キリッとした表情で答えたアメルさんの言葉にドキッとした。カ、カッコイイー！

……って、萌えてる場合じゃない。

アメルさん？　形式とは言え、軽々しくこんな小娘に命を懸けるなんて、言っちゃいけないよ？

もちろん声に出して言いはしなかったけども。

そんなわけで、私には『異界より降臨した浄化の姫巫女』という肩書がつき、お城に置いてもらえることとなったのだった。恐れ多くも王子な騎士様付きで。

「ウフフ、私、本当は女の子が欲しかったのよねぇ。カネルもアメルも、小さい頃はドレスを着せてもそれはそれは可愛かったけど、もうあのように大きくなってしまって。まだお嫁さんをもらう気配もありませんから、孫もしばらく拝ませてもらえそうにないですもの」

「フフ、儂もじゃ。姫が城におるというのも華やかでよいかものぉ」

……最後、去り際に耳に入ってしまった王妃様と王様のひそひそ話は、聞かなかったことにしておこうと思う。

三　キャラメル

この世界に来て五日目の朝。

「ひょっとしたら、お菓子が必要になるかもしれません。エミさんは何か作っておいてください。必要な物があれば、いくらでも用意させますわ」

サレさんはそう言い残してお城を出ていった。王室付き魔法使いの彼女は、王様の顧問として国の政(まつりごと)の相談も受けている上、他の用事もあってかなり忙しいみたいだ。

まだ自分が浄化の姫巫女(ひめみこ)であると納得できたわけでもないし、悪霊を浄化するお菓子を作れと言われても……

まあ、いろいろ考えていても仕方がない。とにかく万が一に備えて、お菓子を作ってみよう。

そう思って、サレさん付きの侍女さんに厨房(ちゅうぼう)を借りたいと頼むと、すでに手配してくれているという。

「ご案内いたします」

侍女さんに連れられて着いた先は、お城の裏庭にある離れ。

なんと、私専用の作業場を用意してくれたのだ！

「こちらでしたら、食事の準備で慌ただしくなる厨房(ちゅうぼう)と違い、時間を気にせずに作業していただけます。何か足りないなどのご不便があれば、遠慮なくおっしゃってください」

そう侍女さんは言うが、文句のつけようなどあるはずがない。

こぢんまりとまとまった綺麗な作業場は、お城の人たちの食事を作る厨房にも負けず劣らずの設備。薪のコンロや石窯のオーブンの他、もちろん水道や冷蔵庫も完備されている。これが私専用だなんてもったいなすぎる。

「いえ、もう……充分すぎるくらいです。寝室やこんなに綺麗なドレスを貸していただいているだけでも申し訳ないのに、その上、こんな立派な作業場まで」

思わず侍女さんにそう言うと、彼女はくすっと笑った。

「姫巫女様は謙虚でいらっしゃいますね。王様も王妃様も、もっとよい厨房を、もっと豪華な身なりに、と張り切っておいでしたのに」

ううっ。厨房はともかく、これ以上豪華な身なりにって……ただゴムで縛っていただけの髪なんか、複雑に編み込まれて花の髪飾りをつけてもらっているし、このドレスは充分華やかすぎるのに……主に、妙に嬉しげな王妃様の仕業だ。

もう何もかもが至れり尽くせりな、まさにお姫様扱いに私は戸惑う。

本当に大丈夫なのかな、こんなによくしてもらって。もし浄化の姫巫女でなかったら、目も当てられない。

設備の説明を受けながら、侍女さんに聞いてみる。

「そういえば、サレさんは町に行かれたんですよね?」

「はい。最近、喧嘩を仕掛けたり人に怪我をさせたりする、困った男が城下町にいるそうで。昨日も騎士団が取り押さえようとしたものの、男は人にはあるまじき力で暴れて逃げたのだとか。しかしその男の家族によると、普段は腕のいい大工で、大柄で力も強い反面、気弱でとても真面目な優しい父親だったそうです……サレ様は十中八九、悪霊の仕業だと様子を見にいかれたのです」

へぇ……そんなことが。

悪霊に憑かれると、性格が変わってしまうような害もあるんだね。

さらに、侍女さんによると、捕まえられたら、その男をこのお城に連れてくるとのことだ。

そして気になっていることが、もう一つ。

「アメルさんはまだ帰ってきていないのですか？」

詳しいことは聞かなかったが、昨日から騎士団のアメルさんの隊は遠征に出ている。

「はい。ファリーヌ近くで何かあったらしく、まだお帰りになっておりません」

その言葉を聞いてかなり心配になった。このお城の中は穏やかだけど、外の世界は着実に物騒な方向に進んでいるみたいだ。アメルさんが無事に帰ってきてくれるといいのだけど。

「では、私は神聖な作業をお邪魔してはいけませんので、下がらせていただきます。何か御用の際はお呼びください」

侍女さんはそう言い残し、恭しくお辞儀をして去っていった。

神聖な作業……か。お菓子を作るだけなのに、なんだか仰々しいな。

さて。とりあえずこのキッチンには、お砂糖とミルク、バター、卵、粉がある。シンプルな物なら大概は作れそうな感じ。お城の食料庫に行けば、果物などもあるそうだ。でもまあ、まずはここにある物だけで作れる簡単な物から。

「見守っていてくださいね」

私は大事な本に語りかける。

私とともに異世界に旅して来たレシピ本『笑顔のルセット』は、『聖なる経典』とやらに華麗なる転身を遂げてしまった。只今、厨房の片隅に用意された、緻密な彫刻が施された金ピカの専用書見台に鎮座している。著者のあのお方が見たらきっと苦笑いするだろう。

王妃様の見立ての豪華なドレスは汚してもなんだし、ニオイだってつくから、すでに脱がせていただいた。侍女用の簡素なドレスとエプロンを用意してもらったので、着替えて少しは落ち着いた。それからコック帽を被って、腕まくりをして、手をよーく洗ったら、いざ作業開始。

かまどに丸い穴が空いてるだけのコンロは、脚のついた輪っか状の金具を置けるようになっている。この金具の高さを変えることで火加減を調節する仕組み。低めの金具だと強火、一番背の高い金具を使うと弱火……というより遠火になる。

一番弱火用にコンロをセットして鍋をかけ、その中に材料を投入する。

お砂糖とミルクはほぼ同量、バターはその半分。これから作る物は、ちょっと甘くて硬めが、私のベストバランス。

材料は三つのみ。下準備なし。材料全てをお鍋に放り込んで火にかけ、吹きこぼれと焦げつきに気をつけながら煮詰めていくだけ。

少しの根気さえあれば、余程のことがない限り失敗しない。ものすごくシンプルで単純だけど、専門学校以外でも牛乳が余っていたら、家でよく作ったものだ。

鍋底に焦げつかないように木べらをひたすら動かす。

しばらくして漂ってきたのは、溶けたバターと、お砂糖を入れたミルクを加熱するとき特有の甘い匂い。乳白色だったお鍋の中身が、褐色を帯びた色になってきた。そろそろいいかな。

クッキングペーパーはこの世界にないので、艶々の石の板に薄くバターを塗って一センチくらいの厚さで広げる。くっつかず上手くできるかな？

やっぱりお菓子を作るのは楽しいし、落ち着く……けれど、実は少し気になることが。――柱の陰に隠れてこっそり見ているつもりだろうが、視線も痛い。

「あらあら、エミちゃんったら、あんな恰好になってしまって」

「甘い匂いがする。姫は何を作っておるのだろう。また儂らにも食わせてくれるかな」

「しっ。浄化の姫巫女の神聖な作業を邪魔しては、駄目ですよ」

王妃様、王様、それにすっかり元気になられたカネル王子まで……ひそひそ声、聞こえてますよ。

途中から眩いロイヤルファミリーに思いっきり見られていたのだ。皆様ご公務は？

私が声をかける前に、こほんと低い咳払いが聞こえた。

「自分が戻りましたので、ここは任せて城にお戻りください」

あ、この声はアメルさんだ！　まあこの人も、王子様だけど。

末っ子騎士様にそっけなく追い払われて、他のロイヤルな方々はしぶしぶ去って行った。

鎧は着けていないのに剣を腰に下げているアメルさんは、それを入口近くの壁に立てかけると、私の方へ歩いてきた。

相変わらず難しい顔してるなぁ。でもなんでだろう、彼の姿を見た途端にホッとした。

昨日アメルさんが出ていく時、お城の中はかなり張りつめた空気だった。怪我もなく無事に帰ってきてくれてよかった。でもどことなくくたびれている気がする。

「お仕事はもういいんですか？　帰ったばかりで疲れているなら、アメルさんは休んでくれてていいですよ？」

そう声をかけると、真顔のままアメルさんが言う。

「エミを守り助けるのが、俺の使命だ。本当はずっとそばにいたいのだが、抜けてすまん」

ううっ。そばにいたいって。な、なんか……男の人にそんな風に言われたら、すごくドキドキしちゃう。違うぞ、私。アメルさんは仕事として言ったまでで、別に照れるところじゃないよ。

「わ、私は大丈夫なので……」

勝手に照れていたのを誤魔化すようにそう言うと、アメルさんは鼻をひくひくさせた。

「甘い匂いがする。菓子を作っていたのか」

微妙に声が嬉しそうだ。この人は本当に甘い物好きだよね。

「はい。もうすぐできあがりますよ」

石がひんやりしていたからか、作っていた物は早くも冷えて固まりつつある。そろそろ切り分けても大丈夫かな？

薄茶色の板状の物を、三センチ角くらいに包丁で切り分けていく。この国の包丁は少し重いけど、小さめの中華包丁か菜切り包丁に似ている。刃が長方形っぽい形で、押し切りしやすい。

よしよし、いい感じ。綺麗に四角く切り分けられた。

「上手にできたみたいですよ」

私の手元を興味深そうに覗き込んでいるアメルさんに、切れ端の部分を差し出してみる。

「はい、味見をどうぞ」

手で受け取るかと思ったら、アメルさんは屈（かが）んで顔を近づけてきた。

うっ、それ反則！　アーン、で食べるの？　何ごく自然に可愛いことしちゃってるんだ、この騎士様は！

私は照れを隠しながら、ぽい、とアメルさんの口に小さなかけらを放り込む。

もぐもぐもぐと無表情のまま微妙に動く、アメルさんの口元と頬。

そうだ、アメルさんに言っておくのを忘れてた。これって噛（か）むと結構歯にくっつくんだよね……と、考えていると、しばしの沈黙の後またアレが来た。

カッ！　と見開かれた目。

「美味（うま）いな」

アメルさんの口元にかすかに笑みが浮かんだ。

よっしゃー！　と、思わず心の中でガッツポーズする。いつも苦虫を噛（か）み潰したような顔をしている人を、わずかでも笑顔にすることができると、普通の人相手よりも達成感がある。

そして今日も、酷く饒舌な、評論家ばりのコメントをいただく。

「ただ甘いだけでなく、まろやかでいて濃厚、そしてかすかに香ばしい独特の風味が口に残る。これはなんという菓子だ？」

「キャラメルです。お砂糖とバターとミルクだけで作れます。余程暑いところに置かない限り、そこそこ日持ちがしますから、持ち歩けますよ」

たった三つの素材で作れるのはキャラメル。

ナッツをまぜるとか、チョコ味にするとか、コーティングに使うとか、応用でいろんな味を楽しめる。だけど今回はなんのひねりもない、ごくごくシンプルなタイプだ。

「見た目はかなり地味だし、食感もまったく違うのに、後味がなんとなくこの前のプリンに似ている気がする」

「正解です。卵とバターが違うだけで、それ以外の材料が同じですから。この独特の風味と色は、お砂糖が焦げるスレスレの時に生まれます。つまりプリンのカラメルソースと同じ。それにミルクのまろやかさも同じです。そこにバターの濃厚なコクが加わったのがこれです」

アメルさんは味覚がとても繊細だな。初めての味をまっさらな感性で味わうからなのだろうか。

「で？　お気に召しましたか？」

「ああ。非常にいい。疲れも吹き飛ぶようだ。ただ、少し歯につくかな」

うん。やっぱりね……でも褒められてかなり嬉しい。

「噛まずに舐めるといいかもしれません。長いこと味を楽しめますよ」

「なるほど。それはいい」

気に入ってもらえたようなので、携帯しやすくするため、切り分けた物を薄紙で一つずつ包むことにした。

「こうしたら、アメルさんが騎士団のお仕事で遠くに行く時も持っていけますよね」

キャラメルを包んでいると、アメルさんはごくごく自然に手伝ってくれる。前回の助手宣言がまだ生きてるのかな？　それとも……

「えっと、王様の言うアメルさんが私を助けるというのは、こういう意味なんですかね？」

「多分違うだろう。だが俺がやりたい」

そんな会話をしつつ、二人で向かい合ってテーブルに座り、ちまちまと紙で一粒ずつキャラメルを包む。

しばらく単調な作業をしていると、やっぱり疲れていたのか、アメルさんが少しうとうとしはじめた。真顔のまま舟を漕いでる人って、なんかすごい眺め。

「ほら、いいですから無理しないで休んでください」

「スマンな、少しだけ……」

余程眠かったのか、自分の部屋に戻るでもなく、厨房の窓際の長椅子に横たわったアメルさん。するとすぐに眠りについたようだ。

起こさないようにそーっと立ち上がって、包み終えたキャラメルをカゴに盛る。大事な本を手に取った私は、しばらくの間、意味もなくアメルさんを見ていた。

森で獣と戦った時や中庭で剣の稽古をしていた時の、あの張り詰めた感じはどこにもない。安心しきったように眠っている。

私が横にいても平気で眠れるってことは、信頼してくれているということなんだろうか。ただ単に、気にかけるほどの相手でもないのかもしれないけど……

仰向けに寝転がっているものの、光を遮るように手を顔の上に乗せてるから、アメルさんの寝顔は残念ながらあまり見えない。規則正しい寝息を立てる口元は、いつもより緩んでいるように見える。なんだか胸の奥をくすぐられるみたいなおかしな気分。

いやいや、ほら。この人はいつも無愛想だし、わりと天然さんで、悪意はなくても毒舌だから、意外なだけ。……私の理想の人は、この本の……。自分の気持ちを確かめるように思わず大事な本をぎゅっと抱きしめた。

お昼寝騎士様を見ながら、今作ったばかりのキャラメルを一つ頬張る。

うん、我ながら上出来。キャラメルってなぜか懐かしい味がする。

今日もいいお天気のバニーユ。暑くもなく寒くもなく、昼下がりの薄飴色の日差しが差し込む、心地よい窓辺。甘い残り香に包まれて、静かで穏やかな時間が流れている。お城の外はかなり大変なことになっていると言うし、ここは私の生まれた世界とは違うというのに、なんだかほっこりする。ちょうどキャラメルの味みたいに。

しかし突然、その甘くて穏やかな空気が破られる。

「エミさん、ちょっと来てもらえませんか？」

慌てた口ぶりで厨房に駆けこんできたのは、サレさんだった。

ほんの少し寝惚け眼っぽいアメルさんと一緒にサレさんについて行った先は、お城の中庭。

そこには騎士団の人たちが難しい顔で並んでいた。その姿を見て驚く。

騎士様たちの中には、顔に青痣を作ってる人もいれば、唇の端に切れたような痕が残ってる人もいる。まるで殴り合いの喧嘩でもした後みたい。

「どうしたんだ、それは？」

アメルさんがそう聞くと、壁のように並んでいた騎士団の面々はさっと二手に分かれた。その向こう側には、縄で縛られた誰かが地面に転がっている。

「なんとか捕らえましたが、散々暴れられまして、このザマです」

目の横に青痣を作った騎士が、転がっている人を指さして苦々しく言った。

「くそーっ！　放せよっ！」

捕まった人は、大声で怒鳴りながら、がっちり巻かれた縄から逃れようと必死にもがいている。

三十五から四十歳くらいで、簡素な身なりの体の大きな男の人だ。

「あの人は？」

サレさんに聞くと、苦笑いで説明してくれた。

「今日私が出かけた目的の大工ですわ」

最近町で暴れて問題になっていた困った男の人。昨日逃げられた雪辱を果たすべく、騎士団が朝から大捕物を繰り広げてやっと捕まえたのだという。人にあるまじき怪力で暴れるとはいえ、武器を持たない一般市民相手だ。騎士様たちは剣で斬りつけることもできず、素手で挑んだのだとか。かなり苦戦したであろう様子が、騎士団の皆さんの様子でわかる。

ぱっと見、縛られている人は目つきが怪しいわけでもなく、ごく普通の人に見えた。

それでもカネル王子の時より薄いものの、確かに黒い靄のような物が男の人の周りを取り巻いている。やっぱりこの人も悪霊に取り憑かれているのだ。

「エミさん、捕まえてきてもらったので、あの大工を浄化してください」

サレお姉様の無茶振りに、予想はしていたものの、ちょっと引く。

「えっ、そう言われても……」

やはりいきなり実践ですか。私、どうすればいいのかよくわかってないよ？　私が作るお菓子に浄化の効力があるのだと言ってたから、何か食べさせてあげればいいのだろうか。

とはいえ、今手元に完成しているお菓子といえば、先ほど作ったキャラメルだけ。念のため数個掴んできたけど、さっそく使うことになろうとは。

「今はこんな物しかありませんが、効くでしょうか？」

キャラメルを差し出すと、サレさんが目を輝かせる。

「あなたが作った物でしたら、絶対に効果があると思いますわ」

サレさん、絶対って。どこからその自信が？　でもやるしかないか。

その前に一つ確認しておかないといけないことがある。本当はもっと早く聞いておけばよかったのだろうが、今の今まで忘れていた。

「上手くいったとしてですが、悪霊化していた精霊が実体化して出てきた後は、どうするんですか？　もう悪霊でないのなら、この前同様逃がしてしまっても大丈夫なんですよね？」

そう聞いた私に、サレさんは意外なことを言う。

「できれば捕まえて話を聞くか、それが無理そうならトドメを刺しておきたいですわね。悪霊化する精霊は、元々わずかながら、内に闇に染まりやすい要素を持っているものです。浄化されても時が経てば、また世に満ちた強い闇の力に侵されて悪霊と化し、人に取り憑くやもしれません。双方にとってそれは不幸です。ならば消してしまった方がいいかもしれませんね」

トドメを刺すって……確かにまた再び誰かに迷惑をかけるかもしれない。けれど、害がない可能性もあるのに。そう考えると、やはり完全に消してしまうのは可哀想な気がする。

私は思わず大事な本をぎゅっと抱きしめ直した。

その時、アメルさんの腰の剣が目に入って閃く。いや、私が閃いたというよりも、何か不思議なものが私の頭の中で囁いたような。

精霊を殺さずに清める力があればよいのだ――と。

正直、意味はよくわからない。だけど実体化した精霊をもう一段階浄化して、内なる闇を消してしまえば、以後の心配はなくなるのではないだろうか。

同時に、ふと頭に浮かんだのは、サレさんに読んでもらった古文書の一節。

『かの姫巫女、聖なる経典を携え、清き祈りと深い慈悲、剣と知恵を従えて――――』

浄化というのは、一人ではできないのでは？　私が本当に浄化の姫巫女とやらであったとすれば、祈りと慈悲はともかく、剣と知恵が必要なんじゃないかな。

王様は、アメルさんに姫巫女の剣になれと命じた。だったら騎士のアメルさんが剣だ。

霊力のこもった剣なら精霊を斬れるとサレさんは言っていた。命を断つためでなく、闇を断つのであれば？　アメルさんの剣にそんな力があればいいのに。

「エミさん、どうしました？」

すっかり考え込んでいたようで、気がつくと心配そうな顔でサレさんが私を覗き込んでいた。

今思っていたことをサレさんに話してみたら、思いの外すんなり肯定してくれる。

「それはよい考えかと思いますわ」

「だけど、剣にそんな力を持たせることなんてできますか？」

サレさんの魔法で、ちょちょいってできちゃったり？　そんな期待をこめつつ聞くと、これまたあっさり答えが返ってきた。ただし思っていた方向とはちょっと違う。

「できますわよ。あなたなら」

「は？　私が？」

ええと……随分キッパリ言われてしまった。私にそんなことができるの？

「あなたの霊力をこめればよいだけのことです」

「はぁ……」

霊力なんて、私にあるのかな？　まったく自信のない私を尻目に、サレさんはアメルさんを呼んで指示を出した。

「アメル様、剣を」

サレさんに言われて、私の前に鞘に収まったままの剣を差し出したアメルさん。次にサレさんは私に告げる。

「エミさん、浄化の祈りをこめて、剣に触れてみてください」

よくわからないけど、言われるがままアメルさんの剣に触れてみる。

精霊を殺さないで。闇だけを断ち切って……そう祈りつつ。

数秒の後、ほんのかすかに剣が輝いた。けれどそれも一瞬のこと。劇的な変化はなく、見た目はまったく元のままだ。

しかしサレさんは、ぱっと明るい顔になって高らかに告げた。

「さすがですわ。浄化の姫巫女の霊力で、アメル様の剣は見事、浄化の聖剣へと変化しました！」

え？　本当？　これってゲームだったら、『ちゃっちゃらーん』みたいに音楽が鳴るところ？

案外地味なんだなぁというのが、正直な感想だ。剣の持ち主はさらに冷静だった。

「何も変わったようには見えんが」

うん、アメルさん。相変わらず直球なご意見ありがとう。私もそう思う。

まあ仮に上手くいってなくても、普通の剣では精霊は斬れないのだから、殺してしまうことはない。上手くいくといいな。

「それでは、もし浄化されて精霊が出てきた時は、お願いします、アメルさん」

「斬ればいいのだな？」

「はい」

打ち合わせが完了したところで、声をかけられる。

「何をごちゃごちゃやってるんだよ？」

痺れを切らしたみたいに、大工さんが声を荒らげた。確かに目の前で長々と話されたら面白くないよね。黙って私たちの様子をうかがっていた騎士団の人たちも、困った顔だ。

ではお待たせしたが、実際に浄化とやらをやってみよう。

とはいえ、問題はどうやってお菓子を食べてもらうかだ。お菓子は楽しく食べる物であって、無理矢理押さえつけて口に入れる物ではない。自然に、できれば気持ちよく食べてもらいたい。それにはこちらを信頼してもらわないと。

悪霊に憑かれているというのがどういう状況なのか、私はイマイチわからない。カネル王子の時は自分の意識はあったようだった。とはいえ、みんなが同じなのかもわからないし……ない知恵を絞って、私は一つの結論を出した。

「この人の縄を解いてあげられませんか？」

「しかし暴れられたら危険ですよ？」

騎士団の人は渋ったけど、縛られたままじゃねぇ。

「いざという時は俺もいる。ここはエミに任せよう」

アメルさんがそう言ってくれて、大工の男の人は縄から解放された。

その人はブツブツ文句を言いながら、怖い顔で石畳の地面に座っている。私はサレさんと一緒に近づく。女ばかりの方が、いいかなと思ったのだ。

ちらっとうかがうと、少し離れたところにスタンバってるアメルさんが、腰の剣にさりげなく手をかけてる。何かあった時は、さっと助けに入ってくれるだろう。

できるだけ優しい口調を心がけて、大工さんに声をかけてみる。

「えっと……お怪我はありませんか？」

「なんだ？　嬢ちゃんはオレの心配をしてくれんのか」

睨まれはしたものの、案外普通の声が返ってきた。

「なぁ、嬢ちゃん。別に人を殺めたわけでもねぇのに、縄で縛って城に連れてくるなんて、酷いと思わねぇか？　騎士様たちに言ってやってくれよ」

「そうですよね。災難でしたね」

そう調子を合わせてみる。ゴメン、騎士団の皆さん。悪者扱いしてしまって。本当に災難だったのは、騎士様たちの方なのに。

けど私は、悪霊に憑かれてる状態ってタチの悪い酔っぱらいと同じじゃないかと思ったのだ。だったら、調子を合わせてあげたほうが安心してくれると思うので、勘弁していただきたい。

私の反応がお気に召したのか、大工の男の人は石畳に胡座をかいて腕組みという偉そうな態度で、うんうんと頷いた。やっぱり酔っぱらいの反応に似てる。

ここでいよいよ、キャラメルの出番。包みを一つ差し出してみる。

「そうだ。窮屈な思いをさせたお詫びに、よかったらこれ、どうぞ」

「なんだこれは？」

大工さんは受け取っても、すぐには紙の包みを開けない。

「甘い物です。気持ちが落ち着きますよ」

「毒でも入ってるんじゃないのか？」

そう憎まれ口を叩いた大工さんに、サレさんがムカッと来たようだ。

「まあ、なんてことを！」

はい、サレさん、怒らない怒らない。この大工さんの反応は、私の想定の範囲内だ。普通の人だって、見たこともない物を知らない人に勧められたら怪しむものね。

さあて、ここからだ。まだ成人もしてない小娘でも、いろいろと世知辛い世界で生まれ育って、処世術を身につけてきた。今こそ、それを生かす時。

ニッコリ笑って私は言う。

「毒なんて入っていませんよ。これは異国の珍しいお菓子なんです。きっとあなたがこの国で一番最初に食べられるのに、いらないんなら、このお姉さんにあげちゃおうかな？」

「え？　私？」

いきなり話を振られて、サレさんはビックリしたみたい。だけど、目配せすると私の思惑を察してくれたようだ。

「エミさんの作る異国のお菓子は、本当においしいですから、食べないと損ですわね。しかも一番乗りなんて光栄ですもの。あなたがいらないなら喜んでいただきますわ」

にやっと笑って男の人の手からキャラメルを取り上げたサレさんは、見せつけるように包みを解いて、その細い指でキャラメルを摘みあげる。

「いただいてしまってよろしいかしら？」

「フン！」

大工さんはやや焦ったような表情に変わったものの、意地を張ってるのか、プイと横を向いた。ここはサレさんに実食していただこう。

「どうぞ召し上がってください」

「では、一番乗りでいただきますわね」

嬉しそうにぽい、と口に放り込んだサレさんには、黙っておこう。すでに味見しているアメルさんが、この世界で一番最初にキャラメルを食べた人だということは。

サレさんはひとしきり味わって、両頬に手を当てると、うっとりしたように目を細めた。

「ああ！　とってもまろやか。甘くてなんとも言えない優しい香りと味が、口の中いっぱいに広がりますわ。気持ちが落ち着くようなこの味。こんなにおいしい物は初めて！」

アメルさんだけでなく、サレさんも大概ご大層な評論をするなぁ。それでも、このくらいがちょうどいい。

その様子を横目で見ていた大工さんは、気になってきたみたい。

「そ、そんなに美味（うま）い物なのか？」

「ええ。それはもう」

もうそろそろ仕上げでいいかな？

「まだありますよ。二番目になってしまいましたが、欲しいですか？」

「よこせ！」

大工さんは私の手から奪い取るようにキャラメルを掴（つか）んで、すぐに包みを解いた。そして口に放り込む。果たして効力はあるのかな？　緊張で鼓動が速くなる。

無言で味わっていた大工さんは、しばらくして満足げに笑みを浮かべた。

「本当だ……！　こんなに美味（うま）いのは初めてだ」

そう言った大工さんの目から、ほろり、と涙が一粒こぼれ落ちる。

その途端、彼を取り巻いていた黒い靄（もや）が白くキラキラと光って、何かが飛び出した。

カネル王子に憑（つ）いていたものよりかなり小さいそれは、完全に獣（けもの）の形をしていた。真っ赤な炎のようなたてがみを持つ、ライオンに似た姿。違うのは二本足で立っているのと、大きさが猫くらいというところ。全身がかすかに輝いていて、やや透（す）き通って見える。

これが精霊？　小さいけどなんて美しいのだろう。いや、見惚（みと）れてる場合じゃない！

「アメルさん、出ました！」

「よし！」

しゃっ、と鞘（さや）から剣が抜かれる音が聞こえる。白い光に包まれて身を捩（よじ）っていた赤い獣（けもの）は、剣を構えて走ってきたアメルさんに気付くと身を竦めた。

上手くいきますように。祈る私の目の前で、迷うことなく振り抜かれた剣。

ざくっ、とも、ばしっ、ともつかぬ音がして、光る剣の軌跡は精霊を真っ二つに切り裂く。私は怖くて思わず目を閉じた。

うわ、やっちゃったか？　普通の剣では精霊は斬れないって言ってたのに！　ひょっとして、力をこめすぎて死なせてしまった？

数秒の沈黙の後……

「アレ？」

そんな間抜けな声を上げたのは、誰だろう。アメルさん？　サレさん？

そっと目を開けると、そこには無傷の赤い精霊がきょとんとして立っていた。

とても元気そうで、先ほどより輝きが増した気がする。

「成功ですわ。悪霊が完全に浄化されました！」

「おおー！」

サレさんが嬉しげに告げると、周囲の騎士団の人たち数名から歓声と拍手が上がった。しかし多くの人は首を傾げている。

「デュラータ様は何を斬ったんだろう？」

そうか、この精霊が見えていない人たちもいるんだ。

精霊は私の方に寄ってきた。歩いているように見えるけど、足は地面からほんの少し浮いている。

私の足元まで来ると、顔を見上げて語りかけてきた。

「悪、ナクナッタ。キモチ……軽ク、ナッタ。アリガト」

たどたどしい口調でしゃべる精霊。しゃべれるんだ。しかもぺこっと頭を下げる仕草が可愛い。

「私じゃなくて、お礼はアメルさんに」

そう言うと、精霊は律儀にアメルさんに向き直って、もう一度ぺこりとする。うう、可愛い。

「俺は礼などいらん」

無表情でそう言いつつも、なんとなく嬉しそうなアメルさんも、可愛いかも。

「山へお帰りなさい。もう人のいるところに近づいてはいけませんよ」

サレさんが優しい口調で精霊に語りかける。すると小さな赤い獣はふっと霞み、光の玉に変わって空に消えていく。消える間際、笑ったように見えた。

またも放置になってしまった大工さんは、悪霊から解放されても、しばらくぼうっと石畳の上に座り込んでいた。

「オレはなぜこんなところに？」

仕事で大きな失敗をして、それを言い出せずに落ち込んでいたところまでは覚えているのに、その後のことはほとんど覚えていない、と大工さんは言った。

悪霊に憑かれ、町で暴れてたくさんの人に迷惑をかけたことを聞かされると、大工さんは泣きながら悔やんでいた。本当はとても大人しくていい人なんだね。

「皆さんには迷惑をかけました」

怪我をした騎士団の人たちも、大工さんに丁寧に謝られて機嫌が直ったみたい。

浄化されたこの人に本来罪はない。二度と暴れない、家族や他人に迷惑をかけないために、もう一人で抱えこまないと約束して、家に帰ることになった。家に子供がいるそうなので、お土産（みやげ）にキャラメルをあげると、大工さんはとても喜んでくれる。

「不思議な食べ物ですね。初めて食べるのに、なぜかとても懐（なつ）かしい味がしました。子供の頃からの様々な思い出が蘇（よみがえ）り、それとともに大事な家族のことも思い出せた。だからしっかりしないとと思えました」

そう言ってくれたのが、すごく嬉しかった。

とにかく浄化は上手くいったみたいだ。人も精霊もスッキリしてよかったね。


さて、初の共同浄化作業が無事終わり、お城に戻ってお茶の時間です。

「しかしエミさんが悪霊に憑（つ）かれた者の扱いが上手で驚きましたわ。咄嗟（とっさ）にお芝居を打って食べさせるなんて」

「俺も驚いた」

サレさん、アメルさん、まず驚くのはそこなんだね……

「あー、なんとなく酔っ払いっぽいなと思って。居酒屋のバイトで、ああいう人には慣れてましたから。お酒を勧（すす）められてかわす時なんかは、お客様のご機嫌を損ねないように適当に相槌（あいづち）を打っとけって、店長が……」

そこまで言ってからハッと気がついた。アメルさんとサレさんがきょとーんとしてる。

「酔っぱらい？　バイト？」

うん、そこはするっと流してくれればいいから。

「しかし上手くいってよかったですわね。大工も元に戻ったし、精霊も清く（きよ）なりました。まだ若くて弱い火の精霊でしたが、消してしまうのは可哀想ですもの」

サレさんが、話を真面目な方に戻してくれた。

「お菓子もそうですが、触れただけで普通の剣を聖剣に変えてしまうあたり、やはりエミさんは本物の浄化の姫巫女（ひめみこ）ですね。正直ここまで霊力が強いとは思っておりませんでしたわ」

「えー？　サレさん自信満々に言ってたじゃないですか」

「まあ、結果は正解だったので、よしとしましょうよ」

……このお姉様、やはり食えない人だ。

その横で、自分の剣をじっと見つめてぽつりと呟（つぶや）いたアメルさん。

「俺の剣が精霊を斬る聖剣になってしまった……」

「あら、アメル様は嫌ですの？」

「嫌ではないが、身に余るというか」

なんとなくアメルさんのその気持ちはわかる気がする。私のレシピ本も聖なる経典とやらになっちゃったしね。

ほんの少しわかったことがある。

人の心が負の感情で占められて、わずかな闇が生まれた時に、悪霊はその闇に引きつけられて入り込んでしまうものらしい。そして憑かれている人の心が前向きな気分になって、闇の力が消えたら、体から追い出されるみたい。

そのきっかけを作るのが、私のお菓子。生きる気力を取り戻す、愛する人たちのことを思い出すきっかけ……ほんの少し心を動かして幸せな気分にしてあげるところまでが、私のできること。浄化、つまり悪霊を体から追い出すのは、きっと憑かれていた本人。

おいしいお菓子は笑顔の薬——大事な本にも書かれていた。

そして、追い出された精霊が抱える闇を斬るのは、アメルさんの剣。気持ちが軽くなったと精霊も嬉しそうだった。きっと、浄化とは人間と精霊のどちらもを幸せにする作業なのだろう。

私の夢は『食べた人が幸せになれるお菓子を作れるパティシエール』。まだまだ修業中な上、想像していた未来像と状況がかなり変わってきているし、一人ではできない。けれど、これってある意味、夢が叶うんじゃないかな。

そう思ったら、なんだかやる気が出てきて、いろんなお菓子を作ってみたくなった。

職人としては半人前どころかタマゴだから、自分が伝説のすごい存在だとは思えない。世界を救うなんて規模が大きすぎて考えられない。それでもお菓子を食べてくれた人が笑顔になってくれるのなら、それは私にとって最も嬉しいことであり、夢そのもの。好きなお菓子作りが、この世界の人の笑顔を作るきっかけになるなら——

幸いなことに、学校の教本も大事なレシピ本もある。まだ作ったことがないものでも、それらを見ればなんとか作れるんじゃないかな。

だけどどんなお菓子を作るにせよ、材料が必要。この世界にどれだけ使えそうなものがあるかもわからないし、ぜひ一度自分の目で確かめたい。

そんなわけでアメルさんに聞いてみる。

「いろいろな食材を売っているお店はありますか？　市場とか」

「もちろんある」

「一度ここにはどんな物があるのか、直接見てみたいです。お菓子の材料に使える物があるかもしれませんから」

「では、国で一番大きな市場に行ってみるか？　少し遠いが、ない物はないと言われている」

「わぁ！　楽しみです！」

ないものはないかぁ。あくまでこの世界の基準でだろうけど、すごく期待できそう！

こうして私は、私はこの世界で前向きに歩きはじめたのだった。

四　フロランタン

翌日、アメルさんと隣町の市場に行ってみることになった。

騎士団のお仕事の邪魔ではないかと聞くと、先日王様の前で誓いを立てた以上は、私の方が優先なんだって。なんだか申し訳ないと思いつつも、万が一、出先で悪霊を浄化する事態になった時にはアメルさんが必要だから、助かる。

それに考えてみたら、このお城に連れてきてもらって以来、初めての外出だ。ワクワクしちゃう。お言葉に甘えて案内してもらうことにした。

そして朝早めに出発する予定が、いざお出かけする時になって、思わぬ伏兵が立ちはだかった。

「私はお誘いくださらないのね」

サレお姉様が少々拗ねているのだ。でも忙しい王室付き魔法使いが丸一日お城を離れては、駄目だと思うんだよね。まあこちらはすぐに機嫌を直してくれたけれど、もう一人——よりによって王妃様に見つかってしまったのだ。

今日は動きやすいようにと、地味な服を用意してもらって、気分は町娘な私。王妃様はそれが気に入らなかったらしい。お出かけはもっとお洒落をして、可愛いドレスで！　と王妃様は張り切って、着せ替え人形にされそうになった。だけど、そこはサレさんが上手く言いくるめてくれた。

「浄化の姫巫女だとわかってしまえば、その力を私欲のために使おうと、よからぬことを企む者もおりましょう。これはいわばお忍びのための変装でございますわ、王妃様」

「あら、それもそうですわね！」

サレさんありがとう！　よし、と思ったら、今度はがっしりハグ攻撃。

「迷子にならないでね。知らない人に声をかけられても、絶対ついていっては駄目よ」

あのぉ王妃様、それ小さい子供に言うセリフです。私、もう十九歳です。実の子のように可愛がってくださるのは嬉しいとはいえ、ちょっと度が……

そんなこんなでアメルさんを随分待たせて、彼の眉間の皺がいつもより深くなってしまった。

気を取り直して、やっとお城の門を出発。しかし今度は移動手段が問題だった。

ここ王都は内陸部にあるものの、大きな川が多く、町中に水路が走る水の都なのだという。もちろん陸路もあるが、隣町に向かうには、水路を使うのが近道らしい。

「隣町まで一番速く行けるのは、市民も利用する乗り合いの定期船だな」

船と聞いて安心していたが、船着場でその船の外観を見て、私は固まった。それはいわゆる屋形船に近い。天候にかかわらず使えるようにと、屋根と囲いのある長い船。水上バスの趣もある。

乗り物が苦手な私は、やむを得ず乗らなきゃいけない時は、緊張でガチガチになってしまう。

これは地上を走るバスじゃない、船だから。そう自分に言い聞かせて、なんとかアメルさんと一緒に乗船口までは行ったけれど、窓から中を見たら、体が動かなくなってしまった。

長椅子が等間隔に何列も並んでいて、すでに何人か乗っている。その様はやはりバスに近く……

どうしよう、足が震える。

「乗らないんですかい？」

入り口で待ってた船頭さんが声をかけてきた。アメルさんは渡し板に足をかけたところで、一向に動かない私に気がついたみたい。

「どうした？　顔色が悪いぞ」

「あ、あの……ごめんなさい。私、人が多く乗る、囲いのある乗り物はちょっと……」

なんとか声を絞り出して言うと、アメルさんは船から離れて戻ってきた。

「船は安全だぞ？　それとも酔う質か？」

「いえ、大丈夫だとわかってても、家族を乗り物の事故で亡くしたので……怖いんです」

――あれは私が高校に入ってすぐの連休で、五つ下の妹の誕生日だった。

その日は家族で隣県のテーマパークに出かける計画になっていた。でも前日から、私は風邪気味で微熱があった。出かけるのは少ししんどくて、でも、まだ小学生の妹はとても楽しみにしていたので、両親は中止するのは可哀想だと、私を残して妹と出かけたのだ。できるだけ早く帰ってくるからと言い残して。

お土産を期待しつつ、妹の誕生日祝いのケーキを作りながら、留守番をしていた私。だけど両親と妹は、夜遅くなっても帰ってこなかった。

家族が乗っていたバスが事故に遭ったのだ。

そういう理由で、今でも私は乗り物が怖い。電車も、飛行機も。

私の言葉にアメルさんは別段表情を変えるでもなく頷いて、船頭さんに何か言って戻ってきた。

「怖いものは仕方がない」

「ごめんなさい……」

今日は諦めたほうがいいかな。私がそう言うより早く、アメルさんが口を開く。

「俺と一緒に乗った馬は平気だったな？」

「えっと……はい」

そういえば馬は大丈夫だった。壁も天井もないからかな？

「少し時間はかかるが、陸を行こう」

そう言って急遽騎士団の宿舎まで戻り、愛馬を連れてきてくれたアメルさん。その厚意に甘えることにした。

石畳をぽくぽく蹄の音を立てて歩く馬の背で、二人ともしばらく無言。

手間を取らせて怒ってないかなと様子をうかがってみたら、アメルさんは相変わらずムッツリした顔だけど、機嫌が悪いわけでもなさそうで、ホッとした。

手綱を持つアメルさんの前に乗せてもらってるから、軽く抱きかかえられる形になってるのが妙に気恥ずかしい。けど……この位置はなんだか落ち着くな。

家族を亡くしたことを話すと、ほとんどの人は哀れむような顔をしたり、不自然なほど励ましてきたり。詳しい話を聞き出そうとする人もいた。だけどアメルさんは表情も変えず無駄なことも言わず、いつものまま。この人はいい人だな、と思ったのだった。

城下町を抜けると、広大な農地が広がる風景が視界のほぼすべてを埋めた。

季節は気温的に見て、日本で言うところの初秋というところ。これから収穫を迎えようという穂をたわわにつけた穀物が、一面を金色に染めている。それは、稲刈りを迎える日本の田んぼのようで、懐かしさを覚える風景だ。

畑では草取りをしている人や、野菜を収穫している人、土を耕す人がたくさん見えた。近くの道を通ると、にこやかに手を振ったり挨拶をしてくれたりする。

広い牧草地に放されている牛や馬を追う人もいた。牛は角が大きくて、みんな真っ白だという以外ほぼ見た目は同じ。ミルクはあれのものらしい。

のどかな田園風景の中を二人で馬に揺られ続ける。途中、一度早めのお弁当休憩をして、この国で一番大きいという市場に到着！　もうお昼はとうに回った時間だ。

「わぁ……！」

思ってたよりもずっと立派な市場でびっくり！

アーチ型の天井を持つとても長い回廊の両脇に、数え切れないほど店が並んでいる。

魚、肉、果物、香辛料、油などの食材を売ってる店、お香や薬なのか変わった香りを放つ店、カラフルな布地、繊細な細工の装飾品を扱う店もあれば、剣や鎧などの武具の店も見える。確かにない物はない、そんな感じ。

たくさんの人が行き交う市場のアーケードの中は、活気に満ちている。歩いてると、聞いたこともない旋律の音楽や人の声などのいろんな音が聞こえてきた。匂いや色彩が多様で少しクラクラするけど、やはり市場は楽しい。説明を聞くよりも実際に肌で異国の文化を知ることができる。

市場の空気に圧倒されながらも、このどこか懐かしい雰囲気が心地いい。下町の商店街みたいな独特の空気があるのだ。

「金の心配はしなくていい。必要な物があったら、なんでも買え」

……と、アメルさん。さすがは王族、太っ腹だ！　申し訳ないが、お言葉に甘えることにする。

ではお菓子の材料に使えそうな物があるか、見て回ろう。

この市場のアーケード、出入り口付近はよそから来た人や近くの人が手っ取り早く買い物できるようにか、異業種の店が並んでいる。奥に行くと、問屋の種類でエリアが分かれているのだという。

私たちは製菓の素材にできそうな物を扱う問屋を目指して進む。

問屋街の初っ端は生鮮エリア。地球の物と似てるのに少し色や形の違う魚介、縄で吊り下げられたお肉などが並ぶ。それらの店はさっと通り抜け、まず足を止めたのは青果店。

色とりどりの野菜や果物が、どーんと積まれている様は迫力満点。それも何軒もある。これは期待大だ。あきらかに野菜や芋という物はスルーして、いかにも果物という山に目をやる。

色がとんでもないとか、形が超絶突飛というわけでもなく、どれもおいしそうな果物に見える。かといってまったく同じでもない。リンゴかと思った赤い果物は、よく見るとつるんとやや長細い楕円形。ブドウのように見えたのは房ではなく、細い蔓に珠を一列にぶら下げて繋いだような形だ。

面白いなぁ、地味に異世界感がある。どんな味なのかなぁ。

「気になるのがあれば味見させてくれるそうだ」

私の内心を読んだみたいに、アメルさんが言う。ありがたやありがたや。

まずはオレンジに似た物を指さしてみる。小ぶりで、みかんくらいの大きさ。濃い橙色（だいだいいろ）の皮の感じと言い色艶（いろつや）と言い、まさに柑橘（かんきつ）系。

「ほう、いいのか？」

表情は変えないものの、なんだかアメルさんの声が楽しげだ。彼は味を知ってるんだね。なんだろう、何かあるのかな？　お店の人が櫛形（くしがた）に切ってくれたのを、緊張しつつもいただくと……

「くっ！」

一口で思わず身震い。目を閉じて唇を尖（とが）らせてしまった。

ひゃああ、酸（す）っぱーい！　アメルさんの反応も納得だ。直接食べる果物でなく、料理に使うのだとお店の人も苦笑い。先に言ってよ！

でも香りがよくて、後味が爽（さわ）やか。見た目は甘そうなオレンジなのに、味はレモン寄り。これは買いだね。お菓子にレモンは結構使うよ。

ほかにも、緑だけど味も香りも食感もリンゴ似の果物、ピンポン玉大のブルーベリーっぽい果物、洋梨に似た味の赤い楕円（だえん）の果物……と、いろいろ試食させてもらった。そしてリンゴとレモンっぽい果物を買ってもらうことにする。

量り売りなので、この国の最小単位で買ったんだけど、結構な量になった。受け取った紙袋がずっしり重い。いきなり大荷物になってやや後悔。

次は、乾物・保存食エリアに行ってみる。

様々な穀物、種子、豆らしき物が、これまた山と積まれた店ばかり。たくさん種類あるなぁ。すごいじゃん、バニーユ王国。

そんな中、一つの店で茶色い豆みたいな山を発見。こっ、これは！

「ペラという果実の種を干した物だ。香ばしくてとても栄養がある」

知っている物よりはかなり大きいけど、アメルさんの説明といい見た目といい色といい、そっくりな物がある。でも味が同じとは限らない。

興味津々で見ていると、お店のおじさんが声をかけてくれた。

「お嬢ちゃん、食べてみるかい？　ウチは質のいいのしか入れてないよ」

そう言って何粒か手のひらに載せて差し出してくれたので、一粒受け取っておそるおそる齧ってみる。ぽり、といい音がした。

あ、この食感。この口に広がる香ばしい特有の風味もほぼ同じ。これはまさに……

「アーモンドだ！」

しかもおじさんの言うとおり、かなり質がいい。

スライスしたアーモンドや粉にしたアーモンドプードルの代用品にできれば、作れるお菓子の幅がうんと広がる。スライスアーモンドでフロランタンやパウンドケーキ。粉にしたら、マドレーヌにフィナンシェ、マカロン、ダクワーズもおいしく作れる。それに、炒って粗く砕いてヌガーに使ったり、キャラメルをかけてキャラメルタフィーにしたりするのもいいな。考えだしたらキリがないほど、使えるお菓子がある。

しかも私の大好物なんだよね！　思わず小躍りしたくなった。顔もニヤけてたかもしれない。

「ご機嫌だな」

アメルさんはそんな私にちょっと呆れ声。だけど！　これが興奮せずにいられるだろうか。

「はい！　ものすごーく嬉しいです」

「これも菓子に使えるのか？」

「もちろんです。私が勉強していたお菓子には、とてもよく使われていました。これがあればおいしい物がいろいろと作れますよ！」

半人前の私の腕が追いつけば、というのはアメルさんには言わないでおくけどね。

「おいしい物がいろいろ……」

アメルさんの眉間の皺が消えて、ほんの少し頬が緩んだ。自分もなんだか嬉しそうじゃない。この人、本当にお菓子が好きなんだな。そんな顔を見たら、たくさん作ってあげたくなるなぁ。

気がついたら大きな麻袋にいっぱいのペラの実を、アメルさんが買い上げていた。その袋、何キロもありそうなんだけど、いいのかな？

他にも乾物・保存食エリアでは、ハチミツ、数種類のドライフルーツや砂糖漬けも手に入れることができた。ドライフルーツや糖蜜漬けの果物は、この国で言うところの一般的な『お菓子』だから、種類も豊富で値段もリーズナブル。

また、生クリームや乳脂の加工品はメジャーじゃないものの、高脂肪の果種から作られているマーガリンみたいな品は豊富にあった。庶民も料理に使うためか、安価で売られている。驚いたことに、コクが濃厚で香りも風味も高級なバターに限りなく近い。お城の食事に使われていたのもキャラメルに使ったのも、これのようだ。私は純乳脂肪だと思っていたけど、まさか植物性だったとは。これでバタークリームを上手く作れば、そこそこのケーキも作れそう。

香辛料やお茶のエリアでは、甘い香りがバニラにそっくりの乾燥させた花を発見。普段は煮出して咳止めの薬茶として用いられるそうだけど、バニラビーンズの代用として使えそう。体にいいなら一石二鳥かも。高価なので、買ったのは少しだけ。

思いの外使えそうな物が多くて、気がつけば二人とも大荷物になっていた。特にアメルさんは、ペラの実や果物いっぱいの大きな袋をいくつも背負っていて、相当重そうだ。

「他に欲しい物はないか？」

「今のところは大丈夫です。それより、重い物をたくさん持たせてしまってすみません」

よく考えなくても次男坊とはいえ、アメルさんは王子様。こき使って、荷物持ちまでさせている私って、なんという身の程知らずなんだろうか。

「重くなどない。気にするな」

わぁ。無表情でクールに言うあたり、男らしくてカッコイイ！　ではその力こぶとお言葉に甘えて、重い荷物はお願いしておこう。

市場のアーケードは、広場を中心にドーナツ状に続いている。このまま進み続ければ馬を繋いだ元の場所に戻れるらしい。でもこの先は食品以外のエリアだから、今回はこの辺で中央広場を突っ切って戻ることに。

アーケードを出ると空が見えた。昼と言うには遅く、夕方と言うには早いそんな時間。

石畳の開放的な広場は中央に大きな噴水があって、のんびりくつろいでる人や走り回る子供たちがいる。変わった楽器を演奏して歌ってる人は、ストリートミュージシャンかな。その音色は聞いたこともない旋律なのに、やっぱりどこか懐かしい気がした。一緒に歌ってる人もいれば音楽に乗って踊る人もいる。その横を、市場の荷物を積んだ荷車を引いて忙しそうに行き交う人々。

いいな、こういうの。

ここは異世界で、私が生まれた時から慣れ親しんだ便利な物はない。それでも文化的に劣っているとは感じない。人の姿は同じで、味覚もよく似てるし、ちゃんと暮らしが成り立ってる。働いて、食べて、歌って、踊って……逞しく生きているのは同じ。そう思うと、なんだかホッとする。

広場の一角にはカフェらしき店が露天にテーブルと椅子を並べている。飲み物で一休みしてる人もチラホラ。そこでアメルさんの提案してくれる。

「何か飲んで休憩でもするか」

「いいですね」

えへへ、ご馳走様です。歩き回って疲れたし、荷物も重いので休憩もしなきゃね。

椅子に腰かけると、ほどなく店の人が来てメニューらしき木の板を渡された。文字が書いてあるけど、もちろん読めない。

「何がいい？」

「アメルさんにおまかせします。選んでください」

そう言うと、しばしメニューを見て考え込んだアメルさんは、店の人に同じ物を二つ頼んだ。どんな物を選んでくれたのかな？

飲み物が来るのを待つ間、周りを見渡してみる。

隣のテーブルでは、美男美女のカップルが楽しそうに会話している。噴水の方にも何組か。デートかな？　私の隣には、普段着で難しい顔だけど、超男前の騎士様。

今更気がついたけど……私たちもまるでデートみたいじゃない？　二人でドライブして、お買い物して、お茶する。車じゃなくて馬だし、食べ物……しかも素材系の専門問屋ばかり回って大荷物を抱えてるあたり、色気はまったくないけどね。

でも傍から見たら、私たちってどう映るんだろう？

そんなことを考えてたら、陶製の器に入った熱い飲み物が運ばれてきた。ミルクの匂いで、カフェオレみたいな色をしてる。甘党のアメルさんのことだから、絶対に甘い飲み物だろう。

「お嬢ちゃんにはお菓子をオマケだよ」

そう言って店員さんが置いていってくれたのは、丸い焼き菓子っぽい物。ビスケットかクッキーかな？　歩き回って小腹が空いてるだろうから、半分こしようとアメルさんに言ったけど、なぜかいらないと言われた。私はこちらの世界の焼き菓子は初めてだ。期待しつつ少し齧ってみて――思わず唸る。

「むむぅ……！」

硬い。堅焼きせんべいよりも硬い？　歯が丈夫でよかった。甘みもそこそこあって、決して不味くはないし、噛めば噛むほど味が出る感じ。でもなんと素っ気ないお菓子なのだろうか。油脂は加えず、砂糖と塩と粉を水かミルクでこねて、これでもかと焼きました！　というだけの焼き菓子だ。一番近いのは甘めの硬いプレッツェル。まあ、保存性は高そう。携帯して仕事の合間に食べるには適してるんだろう。でもホント硬い！　子供の頃から食べてたら、顎がかなり鍛えられそうだ。

　アメルさんは、面白くなさそうに言う。

「この国の菓子とはせいぜいそんなものだ」

「はぁ」

　なるほど。この世界は料理はそこそこでも、お菓子に関してはまだまだ発展途上のようだ。こんな半人前な私の作ったお菓子でも喜んでもらえるのも納得である。

　口の中の水分を一気に持っていかれた気がするので、今度は飲み物をいただくことに。

　熱々の湯気と共に、ふわりとミルクの香りが鼻腔をくすぐる。そっと啜ると……

「あ！」

　まず濃厚なミルクと甘みが来たけど、口の中にしっかり残るこの独特の風味は……ショコラ？　そう、カカオのような味がする。匂いはないし薄いけど、ほぼココアだよ、これ！

「アメルさん、これって何から作られてるんですか？」

「俺もよく知らん。店の者に聞いてみたらどうだ？」

　知らずに頼んだんだね、アメルさん……という言葉は呑み込んでおく。

お店のお兄さんに聞くと、ミーラという豆を干した物を莢ごと砕いて、砂糖入りのミルクで煮出した物だと教えてくれた。

日本ではマメ科でなくても、種状の物は豆という呼び方で括ることがある。カカオ豆なんかもそうだ。だけど、実際に見せてもらったら、空豆に似た大きな褐色の莢に包まれた豆だった。

「豆かぁ……」

市場にも大量の豆が売られてたよね。わりと何にでも豆を使う文化なんだな。

日本人もいろんな種類の豆を昔から食べてきたので親近感が湧く。そのまま食べたり、加工して醤油や味噌などの調味料にしたり、豆乳に豆腐、湯葉、お赤飯にしたり。そういった食事系の物から、餡やおしるこなんかの甘い物にも豆を使ってきたんだよね。

そういえば元の世界でも、ダイエットフードやアレルギーがある人用のチョコ味のお菓子を作るのに、カカオの代用品として使われる物がある。地中海原産の、キャロブという豆の仲間の莢や実を乾燥させてパウダーにした物らしい。ちょうどボンボン・ショコラの実習の前の講義で聞いたから、よく覚えている。キャロブの実物を見たことがないのでわからないけど、ミーラはまさにそういう豆なのではないだろうか。

キャロブは低カロリーで刺激が少なく、素人には区別がつかないほど風味がカカオに似ているらしい。ただ、その加工技術を私は知らない。それでも、もしミーラという豆がそうなら、試行錯誤すれば近づけるかも。

「どうした？　急に黙って固まって」

私はしばし考え込んでいたらしい。アメルさんの声でハッとした。

「いける、かも？」

思わず返答にもならない言葉を呟いた私に、アメルさんは呆れてる感じだ。

「何がだ」

「ほら、アメルさんに初めて会った時に食べてもらったあれ、ボンボン・ショコラ。上手く行けばこの国でも作れるかもしれません」

「本当か？」

あ、今、アメルさんの目がすごくきらーんって輝いた。嬉しいんだ。

「あの通りの物は無理でも、こんな豆があるなら、風味が近いサブレとかケーキくらいなら作れると思いますよ」

「俺も協力するぞ」

力強くアメルさんは言う。どういう風に協力してくれるのかは謎だが、心強い。とりあえずこの後、ミーラ豆を買って荷物も持ってくれるだろう。

チョコレートへの新たな野望に胸を躍らせつつ、ミルクココア似の飲み物でほっこりしてたら、目の前で突然事件が起こった。

先ほどまでイチャイチャ……いえ、仲睦まじく愛を囁き合っていた美男美女の席から、ガシャンという器が割れる音と女の人の悲鳴が聞こえた。

目をやると、男の人が石畳の上で胸を押さえて身を捩っている。

慌ててアメルさんと一緒に駆け寄る。すると女の人が泣きながら男の人に取り縋っていた。男の人はすごく苦しそう！

「どうしました？」

「突然倒れて……さっきまで元気だったのに！」

広場にいた人たちも集まりはじめた。医者を呼んでこい、とお店の人が叫ぶ声が聞こえる。

若いのにどこか悪かったのかな、発作でも起こしたんだろうか、と思っていたら見えてしまった。男の人の周りに黒い靄が！

「待って、お医者さんじゃ無理かも。近くに魔法使いはいないんですか？」

「悪霊の仕業か？」

悪霊が見えていないアメルさんにも、私の言葉だけで状況がわかったみたい。

近くにいた人の説明では、この街にも魔法使いはいるにはいるが、外れの森に住んでいるので呼んでくるには時間がかかるそうだ。

黒い靄はとても濃い。この悪霊は強いのかな？　強いものは腕利きの魔法使いでも追い出せないとサレさんが言ってた。だったら、魔法使いが来ても難しい？

男の人の症状は酷くなっていく。どうしていいのかわからず、泣きながら彼の名前を呼んでる女の人を肩を抱いて、宥めるしかない。

そうこうしてるうちに事態は急変した。

なんと、黒い靄が分かれて広がりはじめた！　強い一つの悪霊じゃなくて、弱いのがたくさん集まってたのかな。目の前で人が倒れて苦しんでるのを見て、不安になった人がいたからだろうか。最初の男の人は少し楽になったみたいだけど、このままでは他の大勢の人も取り憑かれてしまう！

「アメルさん、悪霊がたくさん散っていきました。どうしましょう。このままだと被害が広がります！」

「それは厄介だな……」

そのアメルさんの言葉が終わる前に、広場のあちこちで悲鳴が上がりはじめた。先の男の人と同じように倒れた人、突然暴れだした人など様々。恐れていたことが現実になってしまった。

「エミ、浄化できそうか？」

それぞれの靄は薄いので、そう強くないのかもしれない。だけど、どうしたものか……

「お菓子をこの場ですぐに作るのは難しいし……」

困ったな。万が一に備えてと、不要ならアメルさんのおやつにでもと思って、昨日作ったキャラメルをいくつか持ってきている。でも数が足りそうにない。かと言って、目の前で人が悪霊に憑かれてるのを放っておくわけにもいかないし――

その時、荷物と一緒にテーブルに置いていた私の本が、ばさりと落ちた。

やだ、大事な本を地面に落とすなんて、私ったら！　慌てて拾おうとした時、開いたページが目に入り、雷にでも打たれたような衝撃を受けた。

「あっ……！」

これを作れ、と本が言っている気がした。レシピ通りにするには時間がかかるけど、アレンジすれば短時間で大人数分作れるかも！　材料もある。

大混乱の周囲をオロオロと見渡すカフェの店長らしきお兄さんに、私は本を胸に抱きしめて頼む。

「店の台所を使わせてください！　悪霊を浄化してこの騒ぎを鎮めます」

「えっ？　お嬢ちゃんが？」

何を言ってんだこの娘は、という顔で見られた。うん、そりゃそうだよね。自慢じゃないけど、この私に伝説の姫巫女の威厳など微塵もない。

「にわかに信じがたいだろうが、この娘こそ異界より降臨した浄化の姫巫女なのだ」

アメルさんによるカフェの人への紹介も微妙だね。それでもカフェの人は納得したようだ。

「浄化の姫巫女様？　待てよ、確かにそれは聖なる経典！　ではあなたが……」

お伽噺でも、有名だという話は本当なのか。そしてまさかレシピ本で信じてもらえるとは……。本が落ちたタイミングといい、これが聖なる経典というのはあながち間違いじゃないかも。

しかしお兄さんは不思議そうに首を傾げる。

「でもなぜ台所を？」

「お菓子を作るんです」

カフェの店員さんには、症状が出ている人を店先に集めてもらう。すぐに助けが来るから耐えてと告げてもらうと、私はお店の台所にこもった。

突貫でお菓子作り！　一人では時間がかかるので、アメルさんとカフェのお兄さんにもバリバリ手伝っていただきますよ。

「アメルさん、さっき買ったアーモンド……じゃなかった、ペラの実を一掴みください。お兄さん、先ほどの焼き菓子、まだありますか？」

「よし」

「はい！　あります！」

即席だし上手くいくかわからない。だけどキャラメルの味は保証できる。だから大丈夫。

本来はスライスアーモンドで作る物だけど、今は時間がないので、ペラの実を包丁で粗く刻むことにした。ペラの実はアーモンドの倍以上の大きさなので刻みやすいだろう。こちらはカフェの人にお願いする。

次は生地だ。

「アメルさん、焼き菓子を砕いて、できるだけ細かくしてください」

「わかった」

お店の人に借りた布の袋にあの硬い焼き菓子を放り込んで、アメルさんに麺棒で砕いてもらう。

その隙に私はお鍋に少量の水と砂糖、キャラメルをありったけ放り込んで、煮溶かす。

騎士様の鍛えられた腕で粉砕された焼き菓子には、植物バターと微量のミルクをまぜた。これでしっとりしてまとまる。

急がなきゃ。不安は伝染病のように広まる。そして不安は、悪霊を呼び寄せる負のエネルギー。あの賑やかで素敵な市場を、これ以上悪霊の手に落としたくない。

使命感に燃えつつ、作業を続ける。

お城の厨房と同じく、つやつやの石の板で覆われたカフェの厨房の作業台。この世界にはまな板がないのでこれが代用品なのだろう。その石の板にバターを薄く塗って、まずは煮溶かしたキャラメルを薄く薄く伸ばす。その上に焼き菓子を砕いた生地をこれまた薄く均等に広げて、ぎゅーっと押さえる。そして最後に、刻んだアーモンドをまぜたトロトロのキャラメルを重ねて、これも薄く伸ばす。本来はクッキー部分を生地から焼く物だけど、焼き菓子を代用することによって手間を省き、時短を狙う。

薄くしたのは、その方が早く固まるはずだから。ぱりっと仕上がるように砂糖と水で作った飴を足したのと、ひんやりした石の効果、うちわに似た物で扇いだことで、わずか数分でキャラメルが固まりはじめた。

完全に固まってしまう前に四角く切り分ける。少ないキャラメルでも、これでかなりの量のお菓子にできた。

「上手くできた……はず！　アメルさん味見を」

例によって、最初のお味見は専属料理評論家のアメルさんだよ。

「これは？」

「フロランタンというお菓子です。今回はあくまで即席ですが、味はイケてると思います」

切れ端の部分を迷いなく口にしたアメルさん。笑顔まではいかなかったが、カッ！　っていう反応はあった。

「ペラの香ばしさとキャラメルの味、焼き菓子の部分のサクサク感の調和が絶妙だな」

よし、アメルさんのお墨付きだ。行ける！　早くみんなを悪霊から解放しないと！

だが問題もある。まずは一つ目。

「ただ、浄化が成功したら、あちこちで精霊が飛び出すことになります。数が多いですが、アメルさん一人で大丈夫ですか？」

そう聞いた私に、アメルさんは力強く返した。

「王立騎士団を甘く見るなよ」

失礼いたしました。そうだよね、森でも狼もどきの大群相手に、一人で立ち向かっていたアメルさんだもの。

大急ぎで店先に戻り、手分けして悪霊に憑かれている人たちに配りはじめる。

だけど、ここで二つ目の大きな問題がある。大工さんの時もそうだったように、初めて見るお菓子を口にしてもらうのは難しい。

するとアメルさんとカフェのお兄さんが何やら打ち合わせして、私に告げた。

「エミ、本を抱きしめて噴水の前に立て」

アメルさんに言われて、よくわからないまま従う。そうこうしていると、肩からひらりと布をかけられた。……って、これ、店のテーブルクロス……。まあそれは気にしてはいけないのだろう。

次に、フロランタンを盛ったカゴを持たされた。それでカゴを持った手を上げるらしい。なんとなく、やりたいことはわかったよ。

要はアレだな、あの古文書の挿絵を再現せよ、ということだね。

なんか嫌な予感がするなぁ。そう思っていたら、アメルさんがすぅっと息を吸い込んで、あらん限りの声で叫んだ。

「皆の者、見よ！　浄化の姫巫女が助けにきてくれたぞ！」

そしてカフェのお兄さんも微妙に棒読みで参加。

「おお！　聖なる経典と聖なる妙薬を携えた麗しいお姿は、まさに浄化の姫巫女！」

……どんな安い芝居だよ、これ？　変装とも呼べないこの恰好で、納得してもらえる？

でも、異世界の皆さんは純粋で素直だった。

「本当だ、あのお姿は――――」

「ありがたや、ありがたや」

わーっと人が集まってきたじゃないか。拝んでる人までいるし。もうこうなったら、私もこのノリで行くしかないよね。浄化の姫巫女になりきらねば！　心の中では羞恥心に悶えていても、頑張らないと。

「これを苦しんでいる人たちに食べさせてあげてください。きっと気持ちが落ち着いて、悪霊に打ち勝てます」

内心びくびくしながらも、自信がありそうに笑顔を作って、差し出された一人一人の手にフロランタンを渡す。

後は祈るしかない。上手くいきますように。不安で弱った心を少しでも動かせますように。

「浄化の姫巫女様のくださった物よ。一口でいいから食べて」

最初のカップルは、女の人が彼氏の口元にお菓子を運んであげている。苦しそうなのに食べられるかな？

「気持ちが落ち着くらしいよ。さあ」

暴れていた人を周囲の人が宥めて、お菓子を差し出している。しかし初めて見る物だからか、反応は鈍い。

食べてくれるだろうか。おいしいって思ってくれるだろうか。

私のお菓子で、人の心を動かすなんてことができるのか、と心配になってきた頃……

あちこちで、おそるおそるという様子でフロランタンを口にする人たちが見えた。食べてはくれたみたいだ。

お菓子を口にした人たちから小さな声が上がった。

「わ、何これ、おいしい！　こんなの初めて」

「美味いだけでなく、急に体が軽くなったぞ」

人々を包んでいた黒い靄が、キラキラと白く輝く光に変わる。ああ、上手く行ったんだ！

そして一斉に飛び出す精霊たち。光に包まれて身を捩っているのは、カラスほどの大きさの緑の鳥みたいに見えた。いや、馬？　背中に木の葉のような羽を生やした馬に似た姿。こんな時だけど、精霊ってどれも本当に綺麗な姿をしている。

「アメルさん！」

私の声に応じてアメルさんが剣を抜き、風のような速さで広場を駆け抜ける。

「任せろ！」

一体、二体……人の多いこんな場所でも確実に精霊だけを狙い、迷うことなく振り抜かれる剣さばきは、見事としか言いようがない。やっぱりカッコイイ！

「あんな小さな精霊を？」

中には精霊の見える人もいるみたいで、気の毒だという声も上がった。確かに可哀想だと思ってしまうけれど、アメルさんは剣を振るう。相手は小さくて美しい精霊でも、斬らなければ本当の意味での浄化は完了しない。これは精霊のためでもあるのだ。

斬られると恐れてか、精霊たちは最初逃げ惑っていた。しかし先に聖剣で完全に浄化されてピンピンしている仲間を見ると、自分からアメルさんの方に寄ってくる。

「キレイ、シテ？」

しばらくすると、お願いしながら並びはじめた精霊を、アメルさんが少し困ったように斬っていく。彼はまるでお医者さんみたいにも見えた。

そして浄化完了。なんと、十体以上いました！

「アリガト、ゴザイ、マス」

たどたどしく挨拶(あいさつ)しながら、集まって一斉にぺこりと頭を下げる小さな緑の精霊たち。仕草がなんとも可愛らしい。とても美しい姿だけれど、みんなまだ小さな子供みたいだ。

「どうして悪霊なんかになっちゃったの？」

聞くと、この精霊たちは遠い森に棲(す)む大樹の葉っぱの兄弟なのだという。人間の町を見てみたくて、お母さんの木の精霊に黙ってみんなで出てきてしまったのだとか。

「途中、ニンゲン、戦ッテタ。ソシタラ、怖イ、ナッタ」

一番上のお兄ちゃんらしい子の片言の説明から推測するに、きっとこの子たちはよその国でやってるという戦場を見てしまったのだ。戦争は負の感情しか生まない。まだ幼くて純粋な精霊の兄弟たちは、戦場に満ちた闇の力に冒されてしまったのだろう。

「もう大丈夫ね？　森のお母さんのところに帰れる？」

「ハーイ」

チビッコ精霊たちは、大人しく光る玉になって空に消えていった。

精霊が見えていた数人から拍手が上がった。見えない人にはわけがわからなかったみたいだったが、見える人に説明されて同じように喜びはじめた。

「やはり浄化の姫巫女様はすごい！」

わーっと駆け寄ってくる人たち。中にはあのカップルもいた。男の人もすっかり元気だね。

「やったな、エミ」

アメルさんも嬉しそうだ。なんだかんだで一番の功労者はアメルさんだもんね。それにお菓子を作るのも手伝ってくれた。私一人じゃ何もできない。アメルさん、ありがとう。そして――

「本当によかった――」

お菓子のヒントをくれてありがとうございます。そんな思いをこめて、大事な本……聖なる経典を胸に抱きしめ直した。

無事、市場の悪霊騒ぎは収まり、めでたしめでたし……と言いたいところだったが、またも問題が。ただでさえ重かった荷物が、追加で買ったミーラの豆と、悪霊から解放されて喜んだ市場の人たちがくれたお礼の品々で、さらに重くなった。結果、馬に荷物を乗せて私たちは歩くことに。お城になかなか帰りつけなくて、夜遅くなってしまったという困ったおまけ付きである。

あのチビッコ精霊たちは、帰ったらお母さん精霊に叱られるだろうな……と笑いながらアメルさんと話していたら、実は私たちも他人事ではなかった。

「何かあったかと心配しましたわよ！」

夜中まで起きて待ってくれていた王妃様に、こってり叱られた私とアメルさんでした。

遅くなった理由を説明すると……

「へぇー。私のいないところで、お二人でそんな大活躍をしてらっしゃったとは」

サレさんもまた拗ねてしまって、機嫌を取るのに一苦労。

疲れたけど、とても充実した一日だった。

五　タルト・タタン

クチコミとは恐ろしいもので。

隣町の市場の一件以来、浄化の姫巫女こと私の噂が一気に広がり、悪霊が原因と思われる病気や困りごとを抱えた人たちが、次々とお城に押し寄せてきた。

私がこの世界に来てすでに二週間が経った。未だ元の世界に戻る方法がわからなくて、バニーユにお世話になっている以上、浄化の姫巫女としてのお役目は果たさなくてはならない。私にしかできないことをやる。今はこれが帰るための唯一の方法ではないか、と覚悟もできつつある。

それに私としては、大好きなお菓子作りができるという状況は変わりない。

市場で仕入れてきた材料や、新たに知った食材で、いろいろなお菓子を作っている。それらを、救いを求めてやって来た人たちに食べてもらうだけ。

サブレやキャラメル、キャンディなどの、日持ちがして携帯できるタイプの物は、騎士団の人たちにも巡回の時に持っていってもらい、そこそこ成果を上げている模様。ただし、その場合、憑かれていた人は無事に解放されるけれど、精霊が浄化しきっていない状態で逃げてしまうのが難点。またどこかで悪霊化する可能性が残る。

極力、私とアメルさんが浄化したほうがいいのかもしれないと、今日は思い切って町に出てきた。

出張浄化サービス、とでも言うところか。

　お城近くの町は素敵なところだった。先日隣町の市場（いちば）に出掛けた時には、外れの方を馬で通り抜けただけだったから、じっくりと見るのは初めて。

　整備された石畳の道以外にも、澄（す）んだ水が縦横に流れる無数の水路、それにかかるたくさんの石の橋がいかにも水の都（みやこ）という風情（ふぜい）。水路には、この前見た屋形船（やかたぶね）以外にも、小さな手漕（てこ）ぎのゴンドラみたいな舟も多くあった。舟は普通に人々の足として使われているのがわかる。

　建物は店舗や二、三階建てくらいの低層の集合住宅らしき物が並ぶ。基本木造で、どことなくアジアっぽい町並み。それゆえか、懐（なつ）かしい気もする。

「この辺りはまだ穏やかですわね。もう少し賑（にぎ）やかな方へ行ってみましょう」

　妙に足取りの軽いサレさんに促（うなが）されて、先へ進む。

　今回は忙しいサレさんにお願いして、一緒に来てもらった。正直私やアメルさんでは、悪霊の力の度合いや精霊に関して、わからないことが多すぎる。

　古文書によると、浄化の姫巫女（ひめみこ）は知恵と剣を従（したが）えているとのことだった。従（したが）えて、というのを必要な存在という意味だとすると、剣はアメルさん。そして知恵は、魔法使いのサレさん以外ありえない。それに弱い悪霊なら、サレさんも浄化して精霊に戻すことができる。

「やっと私の存在意義をわかっていただけましたのね」

　サレさんは前回市場（いちば）に行くときに置いてきぼりだったのを、まだ根に持っていたらしい。今度は一緒に来られたのが嬉しいみたい。そしてとんでもないことを言いだした。

「第一、エミさんは神に遣わされた巫女である以上、清らかな身でいていただかないと、神聖な霊力が失われかねませんわ。いくら無害そうなアメル様とはいえ、女性と城の外で二人きりだと、何が起こるかわかりませんもの。そこは私がしっかり監視していませんと」

ふうん、巫女って清らかじゃないと霊力が失われるのね……じゃなくて！　なんてことを言うの、サレさん！

でもそうか。年が近い男女が常に一緒にいるとなると、そういう風になりかねないと見られるのか。でもねぇ。多分そういうのありえないから。超男前の王子な騎士様と私って、釣り合いが……とか言いかけたら、アメルさんが先にキッパリ言い放った。

「サレ、それだけは心配ない。一応女といえど、このちんちくりんを相手にどんな気を起こすというのだ」

ちんちくりんって！　アメルさん、それ酷くない？　相変わらず真顔での正直すぎる発言が、ぐさーって胸に突き刺さったよ……

「あら。あちらに悪霊が」

話を振ったくせに、サレさんは私たちを放置して、通りの先を指さして小走りになった。今のは絶対に誤魔化したよね？　ううっ、泣かないもんっ！

しかしサレさんが指さした先には、悪霊に憑かれている人特有の黒い靄が見えた。私も慌てて後を追う。

そこにいたのは、お年寄りと言うにはまだ早そうな熟年の男の人。無気力に橋の傍らに座り込んだその人は、ただぼうっと空を見上げていた。黒い靄は薄い。そう強い悪霊でもなさそうだから、サレさんでも浄化できるのかもしれない。でもせっかくなのでお菓子を食べてもらいたいな。

「どうしました？」

声をかけると、だるそうにこちらを向く。その顔は疲れきった色を湛えている。瞼が半分落ちたような生気のない目。

「なんにもする気になんねぇんだ……面倒で」

ふがふがとその人は言う。歯があまりよくないみたい。

今日はバターたっぷりのサブレと、炒ったペラの実を砕いてキャラメルをかけたアーモンドタフィーを作ってきた。実は、サブレは半分ほど焦がしてしまい、あまり量がない。たくさんあるアーモンドタフィーはカリカリした食感で、味見したアメルさんとサレさんにはかなり好評だったけど、お年寄りや歯の悪い人には向かない。

この人にはあまり硬くないサブレがいいね。

「お菓子、食べてみますか？」

サブレを一つ目の前に差し出すと、男の人はかすかに首を振った。

知らない人がお菓子をくれるなんて怪しいもんね。でもそれだけじゃなかったみたい。

「美味そうだが、物食うのも面倒でよぉ……」

そう言って、男の人は膝を抱えて俯いてしまった。

やる気を削ぐだけの弱そうな悪霊でも、これはかなり厄介な気がする。そんな調子で何も食べなかったりここから動かなかったりしたら、命すら危なくなるんじゃないのかな。

何か食べてもらえる方法はないかと考えていると、サレさんが助けてくれた。

「本当のあなたはとても働き者の農夫さんですわね？　その手を見ればわかります。あなたが何かも面倒だと思うのは、悪霊が憑いているせいです。この浄化の姫巫女様の聖なるお菓子を食べれば、きっと元に戻れますわよ」

なんだか恥ずかしい紹介だな。聖なるお菓子って……

それにしても、手を見ただけでこの人が働き者の農夫さんだってわかるサレさんって、やっぱり賢い人なんだなと感心する。言われてみれば、日焼けしてゴツゴツした手にはマメがいっぱい。きっと鍬や鋤を長年持ち続けてきた手なんだね。

「浄化の姫巫女？」

男の人がゆるりと顔を上げる。本を抱きしめた私を見て、少し驚いたような表情になった。

「そうです。あなたのような人を救いに来てくださいましたのよ。さあ、食べてみてください」

サレさんが優しい口調で言うと、男の人はだるそうにサブレに手を伸ばし、歯の欠けた口に運んだ。

さくさくとかすかな音を立てて、男の人がゆっくり食べる様子を見守る。なんのリアクションもなくどんよりとした目をしていたが、しばらくしてその半分閉じたような瞼がぱちりと上がった。

「……ああ、美味い！　力が漲る！」

そう言った男の人は、晴れ渡ったような笑顔になった。この瞬間がすごく嬉しい！

そして黒い靄が白い光に変わると、小さな精霊がぬるっと出てきた。なんだか動きがゆっくりでとても小さいけど、人に近い姿の薄紫の精霊。綺麗な女性にも見える。

待ってましたとばかりに、アメルさんが剣を抜いて、すかさず精霊を斬る。だんだんこの連携プレイにも慣れて、スムーズになってきている。

精霊はサレさんの耳元でぼそぼそと何か話すと、ぼわん、と消えていった。

「えらくおっとりした感じの精霊でしたね」

「この方の畑の近くに棲む花の精霊ですわ。彼が毎日草取りを頑張っているのを見て、もう少しのんびりすればよいのにと思っていたら、知らぬ間に悪霊になってしまっていたそうです」

それで、憑かれた人がなんにもやる気が出なかったんだね。困ったことだけど、度がすぎた優しさだったのか。そういうこともあるんだね。

すっかり元気になった男の人は、しゃきっと立ち上がって私たちに礼を言うと、元気に走っていった。もう精霊に心配されるほど頑張りすぎない、と言い残して。でもきっと、またすごく働いちゃうんだろうな、という元気さだった。

そんなおっとり悪霊を浄化した様子を見ていた人がいたのか、噂が広まって人が集まりはじめた。

「あの方が浄化の姫巫女様か！」

「私にも聖なるお菓子をください」

集まってくるのは、やはり悪霊に悩まされている人が多い。濃い黒い靄を背負っている人はいないけれど、結構な数だ。思ってたよりたくさんいるんだね、悪霊に憑かれて困っている人って。お菓子は足りるだろうか。

「やはり、あまり世間の状況はよくないようですわね。元を断たねば――」

サレさんはとても心配そうだ。

元を断つ……確かに、本来悪意のない精霊がこんなにも悪霊に変わるのは、原因があるのだろう。この前、幼い精霊も、人が戦争をしているのを見て悪霊になったと言っていた。それに憑かれてしまう人の不安の原因も、国外の情勢が不安定なことに起因するのではないだろうか。

それでも今できるのは、とりあえず目の前の人たちと、精霊を救うことだけ。

皆さんに浄化の姫巫女様と呼ばれて讃えられるのは恥ずかしいものの、お菓子を食べてもらうというステップは楽になった。

サレさんと手分けして何体かの悪霊を浄化し、アメルさんが精霊を斬ることしばし。

「お菓子がもうないです」

「今日はこのくらいにしておきましょうか」

サレさんもお疲れのご様子。魔法を使うのも大変そうだもんね。

その帰り道、突然細い橋の上で三人の大きな男の人に行く手を塞がれた。橋は二人が並んでやっと通れる程度の幅で、両側は川。かわして通るわけにもいかず前に進めない。

「通してもらえないだろうか」

アメルさんが声をかけても、男たちは微動だにしない。

そうこうする間に、今度は後ろにも数人。手には木の棒や農具をそれぞれ持っている。みんな元々ガラのよさそうな感じではないけど、それだけじゃない。目つきが虚ろで黒い靄が見える。

この人たち、悪霊に憑かれてるんだ！　しかも結構靄が濃いから、強い悪霊みたい。

困ったな、お菓子はもうない。それ以前に、お菓子を食べてもらえるような雰囲気じゃない。

「どかぬと斬るぞ」

アメルさんが剣に手をかけて脅しても、引かない。それどころか彼らは、手にした武器をかざしてじりじりと寄ってきた。

「浄化ノ姫巫女……イラナイ」

一番大きな男がそう呟いたのを合図に、前後の集団が動き出した。一斉に武器を振りかざして襲ってきたのだ。

ぶん、と音を立てて振り下ろされる、硬そうな木の棒。明らかに私だけを狙っている。

「きゃっ！」

「エミ！」

アメルさんが鞘に収めたままの剣で棒を受け止めてくれたが、次々と他の人も襲ってくる。密接しすぎていて、アメルさんも長い剣は振るえない。もしや絶体絶命!?

私は、その場に本を抱きしめてしゃがみ込んだ。私の上にアメルさんが覆いかぶさって、かわりに攻撃を全部受けてくれる。どかどかと加えられる容赦ない殴打を、アメルさんの体越しに感じた。

「アメルさん！」

「大丈夫だ。このままとにかく広いところへ」

声にすら苦痛をにじませず、アメルさんは私を立ち上がらせると走り出した。男たちに体当たりを仕掛けながら、橋を渡りきる。

「こちらへ！」

私だけを狙っていたのが幸いしてか、無事にすり抜けて先に橋を渡りきっていたサレさんが、手招きしていた。建物が並ぶそう広くない道でも、橋の上とは違う。ここなら攻撃をかわすことも、アメルさんが剣を振るうこともできる。でも、それは相手も同じだったみたい。

棒を持った男たちは、大人数で迫(せま)ってきた。

「サレ、エミを頼む」

アメルさんは私を離して剣を抜く。ぎらりと光る銀の刃(やいば)に胸がざわついた。

「この人たち、悪霊に操(あやつ)られてます」

「わかっている。民(たみ)を斬りはせん」

そう言うと、アメルさんが剣を構えて飛び出していく。

危ないからとサレさんに押しやられて、私は建物の陰で見ているしかない。

最初私だけを狙っていた相手は、まずアメルさんをなんとかしないと駄目だと踏んだのだろう。一斉にアメルさんに襲いかかった。

悪霊に憑(つ)かれていて大人数だとはいえ、宿主(やどぬし)は素人(しろうと)だ。正面から戦うのであれば、日々鍛錬(たんれん)している騎士で戦いのプロであるアメルさんの敵ではない。

アメルさんの剣がすぱすぱっと木の棒を寸断する。武器を失い、男たちは素手でかかってくる。

それをひらりひらりと余裕でかわしながら、ある者は剣の峰（みね）で打ち、ある者は蹴り技で倒して行くアメルさん。超カッコいい。ゴメン、剣より泡立て器の方が似合うなんて思ったりして。やっぱり騎士様は立ち回ってナンボです！

程なくして、一人残らず地面に伏せた。気を失っているけど、誰も大きな怪我はしていない。

「悪霊にも小賢（こざか）しいものがいるようですね。姫巫女（ひめみこ）がいなくなれば、浄化されなくて済むと考えたのでしょう」

呆（あき）れたようにサレさんが男たちを見下ろしてこぼした。

そうだ、この人たちも浄化しないといけないのだろうな。だけど、今もうお菓子はないし、どうすればいいのかもわからない。

「逃げないようにだけして、あとで騎士団に回収させよう。城でゆっくり浄化してやればいい」

そんなアメルさんの意見に従（したが）い、今は一旦お城に帰ることにした。

近くに住む人たちが縄を持ってきてくれて、男たちを縛り上げたので大丈夫だろう。

ふとアメルさんを見上げると、無愛想な美貌（びぼう）の額（ひたい）のあたりに血が滲（にじ）んでいる。そうだった！　橋の上で私を庇（かば）ってくれた時に何度も殴られていたのだ。その時に切れたのかもしれない。

「アメルさん、ごめんなさい、痛かったですよね……」

ハンカチで拭いてあげようとしたけど、残念なことに手が届かない。

「なぜエミが謝る」

「だって……」

体を張って庇ってくれて、私のかわりに怪我をしたんだもの。相手は私を狙っていた。つまり、もし私がいなければ、アメルさんが痛い目に遭うこともなかったということだ。申し訳なくて、謝るしかない。だけど——

「俺は平気だ。それより聖なる経典は無事か？」

「え？　あ……は、はい」

ちょっとアメルさん！　ひょっとして私を庇ってくれたというより、本を守ってたの？

「無事ならいい。帰るぞ」

ガッカリした私を放って、彼は数歩先を歩く。

でも、アメルさんはすぐに止まって、私を振り返って言った。

「エミは俺が命を懸けて守る。安心しろ」

ドキッ。思いっきり胸が鳴った。またすごいことを言うね、アメルさん。それは本心なのかな？　それとも浄化の姫巫女を守れと王様に命令されたから？　だけど……ものすごく嬉しいよ。

悪霊に憑かれて襲ってきた人たちは、その後騎士団の人たちに城に連れてこられ、新しく作り直したお菓子で浄化した。元々あまりガラのよろしくない、困った若者たちの集団だったようで、サレさんにみっちりお説教をくらっていた。

悪霊化から解放された精霊たちに話を聞くと、サレさんが言っていたように、浄化の姫巫女がいなくなれば、せっかく増えた悪霊を浄化されずに済むと考えての暴挙だったらしい。ただ、気になることもちらっと漏らした。——偉大な存在から、浄化の姫巫女を消せと命令された、と。

偉大な存在……悪霊の親玉のようなものがいるのだろうか。平和だった世界に蒔かれた『悪い種』で、この事態の大元が。

それからも私たちは何度か町に足を運んだ。もう直接襲ってくる悪霊はいなかったけど、いつまた狙われるかわからない。そこで私は、城の外では絶対にアメルさんから離れずに、常に一緒でないといけないと決められてしまったのだった。


町で悪霊に憑かれた人に襲われてから数日。本日はシフォンケーキを作っている。

石窯オーブンの温度調節に少し慣れたのと、シフォン型に似た焼き型を料理長が使っているのを見ての挑戦。私がわりと得意だったお菓子の一つだ。

「も、もういいか？」

泡立て器で卵白を泡立てながら、アメルさんが聞く。

「まだまだ。きめ細かく、ボウルをひっくり返しても落ちないくらいになるまで泡立ててくださいね」

「うむ……」

ふわふわシフォンケーキの成功のコツは、卵白をしっかり泡立てること。この世界に電動ハンドミキサーはないので、もちろん人力で泡立てる。ええ、アメルさんがね。

先日、身を挺して庇ってくれた騎士様でも、容赦なく使うよ。ちんちくりんだのなんだのと言いたい放題のくせに、命を懸けてなんて言って私の心を掻き乱すこの人に、ささやかな逆襲だ。

とはいえ、泡立ては慣れないと疲れる上に、単調な作業なので面白くはない。ちょっと焚きつけてみたりして。

「これは戦いと同じです。真剣勝負で卵白に勝利してください」

「真剣勝負……！」

アメルさんの顔つきが微妙に変わった。こう、キリッとしたというか。基本は無愛想で無表情だけど、最近はよくわかるようになってきた気がする。

卵黄と卵白を分けての作業なので、卵白パートはアメルさん待ち。私担当の卵黄パートはすでに綺麗に乳化して、いい感じになっている。こちらの世界ではサラダ油を見かけないので、いつも使っている疑似バターを溶かして濾してみた。元々植物性なのでサラサラになったし、風味は残るだろうから濃厚な味が期待できる。粉もよくふるっておいた。

プレーンだと味気ないかなと思い、お城にあったクランベリーに似た小さなドライフルーツをまぜてみる。初めて使う物だけど、きっと切り口が鮮やかでぷちっと甘酸っぱいはず。

「うおおおおぉ！」

何やら雄叫びのような声を上げつつ、豪快かつ繊細に卵白を泡立てるアメルミキサー。本当に真剣勝負している……数度に分けて入れる砂糖は、もう最後を投入済み。よしよし、ピンと角が立つ、いいメレンゲに仕上がってるね。

「もういい感じですよ。アメルさんの勝ちですね。じゃあ二つの生地を合わせましょうか」

「……菓子を作るのも疲れるものなのだな」

卵白に無事勝利したアメルさんは、くたびれたようにこぼした。そうですよ。お菓子作りは案外体力がいるんです。

アメルさんには、焼き上がるまでの間休憩してもらうことにして、私は型に流し込んだ生地を窯に入れて近くで見ている。ドキドキ、ワクワク。上手くできるかな？

生地はなかなかいい感じに仕上がっていた。焼成の温度もよかったはず。だが……

どおぉーーん！

思いがけない大音量が響き、驚いて飛び上がった。

「ほえっ⁉」

なぜに窯から爆発音がっ？

膨らまなかったり、冷めると萎んだり、中が生焼けになったりという失敗は、シフォンケーキではよく聞く。けど、爆発するなんて聞いたことない！　油のせい？　いやいやまさか。

「何事だ！」

アメルさんが剣を持って慌てて駆けつけてきた。

「ケーキが爆発したみたいです」

そーっと窯の蓋を開けると、無残にバラバラになった、シフォンケーキのなり損ないが出てきた。食べられそうな部分もあるけれど、とてもシフォンケーキとは呼べない代物だ。

その中から赤いドライフルーツのかけらを見つけたアメルさんは、爆発の原因がわかったみたい。

「ひょっとして、干したピッケの実を刻まずに入れたのか？」

「えーと、ピッケって、ちっちゃくて赤いやつ？　粒が小さかったので、そのまま入れました」

刻まなきゃいけなかった？　味見した時は普通だったけどなぁ。

「刻めば問題ないが、干したピッケは熱と水分で果皮が風船みたいに膨らむんだ。噛まずに呑み込むと腹の中で膨れて、一個で空腹が抑えられる非常食だ」

……そういうの、先に言ってください。アメルさん。

とりあえず回収できたシフォンケーキのかけらを味見したアメルさんの感想は、上々ではあった。

「ふかふかで味はいいぞ」

「でも悲惨なことになりました……」

これはもう完全に失敗だろう。お菓子は見た目も重要だからね。

そういう時に限って、悪霊に取り憑かれた人が来ちゃった。

仕方なくシフォンケーキのかけらをあげたけど……黒い靄が晴れないし、精霊も飛び出してこない。うーん、やっぱり失敗だと上手く浄化できないのか。

「エミさん、これを！」

サレさんが慌てて、昨日作ったドライフルーツとナッツたっぷりヌガーを持ってきてくれた。携帯用にと取っておいた物だ。

「これはいかがでしょう？」

悪霊に憑かれた人は、おいしそうにヌガーを食べてくれた。そしてなんとか悪霊を精霊に戻すことができ、アメルさんの剣で完全に浄化できたとはいえ……

「今日は失敗です。せっかくアメルさんが頑張って泡立ててくれたのに」

「まあ、そんな日もありますわ。結果的に浄化できたので、よいのではないでしょうか」

ううっ、ありがとう、サレさん。まだ未熟者の私は失敗することも多い。

ちょっと失敗しちゃった物は、主に騎士団の人たちが食べてくれる。もったいないもんね、捨てちゃったら。先日は焦がしちゃったサブレで、今日はバラバラシフォンケーキ。スミマセン、アメルさんの隊の人。そのうちおいしい物を提供します。


一週間後。今日アメルさんは、朝から王様とカネル王子に呼ばれて会議に出ていて、お留守。

私は専用厨房がある離れの前に腰掛ける。そして何を作ろうかとレシピ本のページを捲っていた時だった。

「今日は一人？」

声をかけられて顔を上げると、その人はそこに立っていた。たった今まで見てた本の著者紹介の写真によく似た顔の騎士が。

胸が高鳴って、少し慌てる。

アメルさんに騎士団の同じ隊の人は紹介されたので、この人がミエルという名前だと知っている。

私と同い年らしい。ずっと気にはなっていたけど、私はほとんど離れにこもりっきりだし、騎士団の人はお仕事。だからあまり会う機会がなく、直接話をするのは初めてだ。

隊長のアメルさんを探しにきたのかな？

「あ、あの、そのっ、アメルさんは会議……」

どうしよう、緊張してマトモにしゃべれない。

「ああ、そうだったね。でも別に隊長に用があるわけじゃないよ。隣、いいかな？」

私が返事をする前に、ミエル君は私の隣に腰掛けた。

「僕、ずっと君と二人っきりで話がしたかったんだ」

そう甘い声で言いながら微笑む顔が、眩しすぎる。

うあぁぁ！　夢にまで見ちゃう憧れの人にそっくりな顔が、至近距離にっ！

ドキドキ、ドキドキ。やだ、心臓がとんでもないことになってる。いや、でも近すぎない？　隣に座ってもらうのはいいのですが、お話しするのにそんなにくっつかなくてもいいんじゃない？

「え、えーと、ミエル君、だったよね？」

「わぁ、僕の名前覚えてくれてるの？　嬉しいなぁ」

にっこり嬉しそうに笑った顔が、とても人懐っこい感じ。

よく見ると確かに髪の色や目の色、顔の作りはパティシエ風間に似ている。けれど、まだどこかあどけなさを残してて、やっぱり別人なんだなと思った。最初見た時は、私が来られたんだからひょっとして本人かも、なんて思ったが、冷静に考えたら無理がある。第一、年齢が全然違う。本のプロフィールでは二十七だと書いてあった。本が出たのが二年前だから、今は二十九歳。ミエル君と十も違う。おかげで少し冷静になれた。

「いつも珍しい物を食べさせてくれるから、一度お礼が言いたかったんだ」

「失敗したやつばかりで、すみません。イビス隊の皆さんにはこっちが感謝してるんですよ」

ホント申し訳ないです……。お腹を壊した人はいないようなのが、幸いかな。

「でも大変だろ？　お菓子を作るのって」

「ううん、楽しいですよ。アメルさんも一緒だし」

最近のアメルさんは、浄化の剣という役割だけでなく、厨房でもいい助手っぷりだ。主にホイッパーやナッツ粉砕機として。

「隊長とずっといると疲れない？」

「いえ、そんなことは」

「あの人は真面目ですごく強いし、尊敬してるよ。でもほら、あの仏頂面じゃない。いくら女の子を紹介してあげても、みんな息が詰まるって言って逃げちゃうんだよねー。せっかくのいい男なのに、もったいないよね」

ミエル君の話に頷く。確かにもったいない人だ。そして初耳の情報も盛り込まれていた。

へぇ、アメルさんはまだ十代の部下に、女の子を紹介してもらったりするんだ。想像したらおもしろい。ずっと仏頂面でデートした後、女の子に逃げられちゃうアメルさん……そんなことを考えてると、ミエル君の顔がさらに近くに来た。

「隊長に疲れたら、僕が癒やしてあげるよ？」

なにゆえ、さり気なく私の肩を抱き寄せたりしてるんでしょうか、この人？

「ねぇ、今度は僕と二人っきりで町に行こうよ。可愛い装飾品を売ってる店、知ってるよ」

「はぁ」

そんでもって、耳元で甘い声で囁かれても。なんだろう、恥ずかしいのと同時に、さっきまでのドキドキが逆に冷めていく。

これはデートのお誘いなのかな？　気のせいか、ものすごく手慣れてる感が……

「でも危ないからって、アメルさんと別行動で外出するのは、禁止令を出されちゃったし」

「僕だって結構強いんだよ。お姫様を守るくらいできるから安心して」

そう力強く言ってミエル君は再びニッコリ。これは女の子はクラッと来るよね。盛り下がっちゃったから、私には効かないけど。

その時、背後に人の気配が。

「……ミエル、何をやってる？」

低い声に振り返って、ミエル君が飛び上がるように私から離れる。私も振り向くと、そこにはとんでもなく厳しい顔をしたアメルさんが、仁王立ちしていた。

「げっ、隊長っ！　会議は？」

「終わった。お前はさっさと訓練に戻れ」

なんともそっけなく言われ、ミエル君はしぶしぶ立ち上がる。

「はーい。じゃあねー。お姫様、また来るね」

「もう来んでいい」

怖い顔のアメルさんに追い払われても、ミエル君はニコニコしながら私に向かって投げキッスを残して去っていく。彼は只者ではない。

そんな後ろ姿をため息で見送るアメルさんの眉間の皺は、いつにも増してくっきりだ。別にやましいことなどないのだけど、なぜか私もバツが悪い。

「お、面白い人ですね、ミエル君」

「ミエルは若いのに腕が立つし、人懐っこくて基本いい奴だ。だが女性絡みになると、節操がないというか、手が早いというか……なかなか困った男でな」

「その辺はなんとなく察しました」

ああ、憧れのパティシエ様。この世界で貴方にそっくりな顔の人は、チャラ男でした……

そうは言っても『こんなちんちくりん相手に』と平然と言い放ったアメルさんと違い、ミエル君は私のことを女だと思ってくれていたのだなと思うと、地味に嬉しい。

以後、ミエル君もちょくちょく雑用などを手伝いにきてくれるようになった。同い年で話しやすいので、いい友達になったのだけど、今はその顔を見てもドキドキしない。やっぱり顔が似てるだけで、憧れの人とはまったくの別人とわかったから。


そんなこんなでこの世界に来て一ヶ月以上経ち、すっかり異世界のお姫様生活にも慣れた。まだ自信があるわけでなくても、浄化の姫巫女として扱われることにも、抵抗がなくなってきた。慣れって怖い。

バニーユの季節は移ろい、朝晩肌寒さを覚えるようになってきた。

私が帰れる見込みは、依然ない。

定期的に町に出ていることもあり、このバニーユの城近郊では悪霊の被害が少なくなってきた。かわりに噂は広まり、遠方からも救いを求める人がやってくる。

それに、直接私には誰も報告などしなくても、ファリーヌの他国への侵攻など、バニーユ国外の状況が刻一刻とよろしくない方向へ進んでいることは、人づてに伝わってくる。

世界を救うなどと大きなことは、よくわからない。こんな私に何ができるというのだろう……考えても答えは出ないので、私は相変わらずお菓子を作り続けるのである。

そんなある日──

「姫巫女(ひめみこ)様にこれを渡してって言われたんだけど」

パトロール帰りのミエル君たち騎士団の人が、抱えてきたカゴにはいっぱいのリンゴ。この世界のリンゴは赤くなくて、完熟しても深い緑の皮。少し酸味が強いのが特徴で、とてもさくさくした歯ざわりとジューシーな香りがいいんだよね。

それにしてもすごい量。軽く見積もっても五十個くらいある！

「すごくたくさんだね。どうしたの、これ？」

「外回りしてたら街外れの果樹園のおばさんが、いっぱい採れたからお菓子の材料にでもどうぞって。ほら、この前町で浄化してあげた、急に歩けなくなったっていうおばさん。お菓子を食べてすっかり元気になったから、そのお礼だって」

お礼なんかいいのに。だけど確かにお菓子の材料にはなる。ありがたいことだ。

リンゴを使ったお菓子をいろいろ思い浮かべてみる。

まずはアップルパイ。あーでも、普通のアップルパイだと、パイ生地を作るのが、今ひとつ自信がない。もう少し簡単で、なおかつ大量のリンゴを消費できるといえば……あった！

「よーし、せっかくもらったから、コレでおいしいのを作ろう！」


まずは振るっておいた粉と冷やして刻んだバター、卵黄、少量の水で生地を作る。生地がまとまったら、乾燥しないように濡れ布巾をかけて冷蔵庫でしばし休ませる。

その間にリンゴを調理するよ。まずは皮剥き！

量が多いのでみんなが手伝ってくれる中、私よりも上手に、リンゴを剥いてる人がいた。

「あら。アメルさん、ものすごく上手ですね」

お世辞抜きで賞賛すると、ちょっぴり得意げにアメルさんが言う。

「剣の鍛錬で刃物の扱いは慣れている」

「隊長、剣と包丁は随分違いますよぉ」

私の横を陣取ってるミエル君が、真っ先にツッコミを入れる。そういうミエル君もなかなかの手つきだ。なんだかんだで器用だよね、この男たち。

「こら、刃物を持ってあまりエミにくっつくな、ミエル」

「大丈夫ですよぉ。あー、隊長ヤキモチ？」

ミエル君、なんてこと言うんですか。アメルさんがさらに不機嫌な顔になってしまったよ。

「違う、危ないから言っている」

「そうそう。大きくなったら僕のお嫁さんになるエミちゃんが、怪我をしては大変だ。離れようね、ミエル・ボウール」

アメルさんに同調するように、とんでもないセリフをしれっと口にしたお方は、ミエル君の反対側で私にくっついているのですがね。

それを見て、アメルさんは呆れた声で言う。

「なぜ兄上まで？」

そう、アメルさんのお兄さん――カネル王子までいるんだよね。

初めて見た時は瀕死の状態だったカネル王子は、悪霊が去った今はすっかりお元気。きらびやかなプリンスオーラを放ちつつ、優雅に微笑んでいる。でもお嫁さんうんぬんは初耳だけど？　そもそも、私はもう大きくなりませんから。

それはさて置き、気になることを口に出す。

「王子が果実の皮剥きなどなさらなくても」

そういえば、同じく王子のアメルさんにはなんでもやらせてるくせに、と私は自分にツッコミを入れておく。

「いいじゃない。みんなで楽しそうにやってるんだもの。僕も仲間に入れてよ」

カネル王子はそう言う。恐れ多いですが、確かに仲間外れもね。それに王子は意外にもアメルさんに負けないくらい器用で、戦力になる。

それにしてもすごい光景だ。こうもイケメンに囲まれてると、トキメキを通り越して恐怖すらある。そのイケメンたちがみんなでやっているのがリンゴの皮剥きなんて、色気がない気もするけどね。

それはそうと、わいわいやってる隅っこの方で、苦戦しているお方が一人。

「サレさん、無理しなくてもいいですよ」

「だ、大丈夫ですわ、私もこのくらい……！」

いや、見てる方が怖いから。美しくて賢く、魔法も使える。そんなすごいお姉様、王室付き魔法使いサレさんは、実はとんでもなく不器用だと判明した。

「サレは料理や裁縫は壊滅的だからな」

とはアメルさん。そしてカネル王子も。

「あー、だから独身……」

何やら王子様たちに酷いことを言われているよ、サレさん。幸い、手を動かすのに必死なサレさんには聞こえていなかったみたいなのでよかった。私はほかが完璧な人は苦手なことがあるくらいの方が、逆に可愛くて魅力的だと思うんだけどな。

でも……リンゴを剥くと言うより、削り取っているみたいなサレさんの手つきは、見ていて背筋が寒くなる。極力見ないことにする。まあ、煮てしまえば形はわからないだろう。

そんな時、室内なのに突然強い風が吹き抜けた気がした。その瞬間、ハッとしたようにサレさんが顔を上げる。

「呼んでるわ。途中ですが、失礼」

そう言って、サレさんは慌てたようにナイフとリンゴを置いていってしまった。

「……逃げたな」

「うん、逃げたね」

殿方たちはそう言ってるけど、本当に魔法使いにしかわからない声で、誰かが呼んだのかもしれない。まあ、サレさんには、お菓子ができあがったら持っていってあげるとして。

皮を剥いたリンゴは四等分くらいにざっくり切って、芯をとって鍋で煮る。砂糖はリンゴの重さの一割程度。バターは砂糖の三分の一。それらを全部鍋に投入する。

大鍋にびっしりのリンゴをしばらく煮ると、リンゴから果汁が出て、水を入れなくても汁っぽくなる。かさが減り、果肉がやや透き通ったキャラメル色になったらＯＫだ。

リンゴを煮るいい香りの漂う厨房。お手伝いしてくれたイケメンズは今、リンゴの皮を使ったフレッシュアップルティーで、ティータイム中。

ケーキ用の金型がないので、今日はお鍋で焼こう。バターを塗ったお鍋に、煮たリンゴを隙間なく並べ、旨味たっぷりの煮汁も、残さず入れる。その上に冷やしてあったタルト生地を伸ばして載せて、フォークでぶすぶすっと空気穴を空ける。これをオーブンに入れて、あとは待つだけ。

焼きあがって、落ち着くまで冷ますことしばし。

上手くできてるかなぁ。ひっくり返す瞬間はドキドキなんだよね。

「じゃあ行くよ」

大きなお鍋は重いので、鍛(きた)えてるアメルさんとミエル君の騎士様組にお願いする。私はこれまた大きなパーティ用のお皿を、鍋の蓋(ふた)をするようにカネル王子と押さえる。

「せぇの！」

ぐりんとお鍋をひっくり返すと、すぽんと皿の上に見事に出てきたのは、艶(つや)やかに透(す)き通る赤褐色(せっかっしょく)にキャラメリゼされた表面も美しいタルト・タタン。

「大成功ですよ」

私が告げると、みんなから拍手と喝采(かっさい)が上がった。

「おおー！」

「おいしそう！」

ここまで大きな物は初めて作ったけれど、これは上出来だ。

「一晩くらい置いたほうが煮汁(にじる)が染み、タルト生地がしっとりしていいのですが、出来立てもおいしいと思いますよ」

切ってお皿に分け、みんなに配る前に……一番乗りはやはりこの人でしょう。

「では、例によってアメルさん、味見を」

アメルさんにまずお皿を差し出す。

「えー？　隊長だけズルイー！」

「なぜアメル？」

ミエル君とカネル王子から不満の声が上がった。それを聞いて、無愛想な騎士様はややドヤ顔で宣言した。

「これは助手……いや、浄化の姫巫女の剣である俺の、特権だからな」

そして大きめの一口を頬張ったアメルさん。

来るかな、来るかな？　『カッ！』が来るかな？　今日はどんな批評を聞かせてくれる？

私も他の皆も固唾を呑んで見守っていたけれど、今日はいつものリアクションも詳細な評論もなかった。かわりに、アメルさんは、私が見たことのない表情を浮かべる。

ふわり、と柔らかく緩んだ頬。優しく下がった目尻。それは至福の笑み。

「最高だ」

笑った！　アメルさんがすごく自然に笑った。そんな顔もできるんだ。

ほんの一瞬だったけれど、アメルさんの笑顔に心を鷲掴みにされた気がした。

では、あらためまして、みんなでタルト・タタンをいただきましょう。

「本当にこれは最高だね」

「めっちゃくちゃおいしーい！」

カネル王子もミエル君もご満悦。やっぱり自分も調理に参加すると、ひと味違うのかな？

大きな大きなタルト・タタン。今回は浄化うんぬんでなく、ただ楽しむためだけに食べようと、切り分けて配ることにした。やっとアメルさんの隊の人たちにもマトモな物を食べてもらえる。サレさんにも持っていってあげなきゃ。

その時また、不思議な風が吹いた。

目に入ったのは、窓辺に置いていた聖なる経典こと、パティシエ風間のレシピ本。パラパラと風でページが捲られてる。開いたページには、写真の横にこう添えられていた。

『笑顔は最高のエピス』

そう。この言葉で、暗く沈んでいたかつての私は、笑顔で生きようと思えたのだ。

エピスとはフランス語でスパイスのことだ。作ったお菓子を食べた人がおいしいと笑ってくれるのは、嬉しいこと。だけどそれだけじゃなく、笑顔で作れば何倍もおいしくなる。

みんなで作ったのは本当に楽しかった。だからかな、タルト・タタンがおいしくできたのは。

やっぱりおいしい物を作りたいなら、楽しまなきゃね。そんな初心に返れた気がした。


サレさんの分のタルト・タタンを持って、私は彼女の部屋の前までやってきた。

「サレさ……」

扉をノックしようとして、思わず手を止める。

中から話し声が聞こえたのだ。誰か来てるんだろうか。

盗み聞きするつもりはないのだけど、耳に入った単語に思わず反応してしまった。

「浄化の姫巫女の……」

え？　私？

「姫巫女のおかげか、バニーユは随分と悪霊が減ったの。清しい空気だ」

「さもありなん。で？　何かわかりましたか？」

「お前の祭し通り、聖域に封じられていたアレが解き放たれておった」

「やはり……」

「我の程度の霊格では聖域には近づけぬ上、阻む悪霊が多くて、直接確認はできなんだ。だが数年前、ファリーヌの王室付き魔法使いが、突然任を解かれておる。マルムラード女王の戴冠式の際、聖域に行った直後に解任されたという。その元王室付き魔法使いの契約者である火の精霊を見つけ出して、話を聞くことができた」

サレさんの声以外に渋い男の人の声が聞こえる。なんだか難しい話をしてるなぁ。内容まではよくわからないけど、なんか時代劇の登場人物に似た口調だね。お年寄り？

来客中みたいだし、後でもいいんだけど、一応置いていかせてもらおう。お客さんの分は、ついでにお茶でも淹れて持ってくればいいよね。

あらためてノックすると、中からサレさんの返事があった。

「サレさーん。エミです」

「どうぞ」

声をかけるとすぐに返事があって、サレさんが中からドアを開けてくれた。

「例のお菓子ができたので、持ってきました。あの、お客さんがいらっしゃるのでしたら、お茶と一緒にもう一つ持ってきますね」

「いえ、お客などおりませんわ。私一人ですよ」

「あれ？」

サレさんだけ？　さっき男の人の声がしたと思ったのにな。でもそう言うのはなんだか盗み聞きしてたみたいで嫌だから黙ってると、サレさんの肩に何かが乗っているのに気がついた。

それと目が合う。

「ぷぎゅ？」

おかしな声を上げたそれ。生き物……だよね？

大きさは仔犬くらい。妙に透け感のある淡い黄緑色で、毛の生えていない、何かの生物。

「サレさん、その肩に乗ってるの……」

「ああ、私の契約精霊です。本来の姿は契約者にしか見せないのと、長旅でかなり霊力を消耗したせいで、今はこんな間抜けな姿ですわ。悪霊ではないので、ご安心を」

「ぷぎゅうぅ！」

「間抜けと言うな、と怒ってます」

ま、まあ……怒るよね。それはさておき、この子も精霊？　浄化した悪霊も、精霊に戻ると獣っぽかったり人っぽかったりする。そういえば魔法使いは、契約した精霊の力を借りて魔法を使うのだと言ってたよね。でも……

「えーと、今まで一度も見たことがなかったんですが」

「エミさんがこちらに来られる少し前から、長らく出掛けておりまして。ついさっき帰ってきたんですのよ」

「そうなんですか」

それにしても！　今まで見てきた精霊たちの、繊細(せんさい)で美しい姿からかけ離れた、このビジュアル。簡単に言えば『尻尾のないデフォルメされた子猫』だろうか。あるいはゆるキャラ。丸くって柔らかそうで手足が短い。謎のアンテナみたいなのがついている頭だけが大きくて、小さい目と口が、申し訳程度に顔を形成している。つまり――

「かっ、可愛いぃぃ！」

びしっとツボにハマった！　日本の乙女は、こういうゆるいのが大好きなんだよっ！

「ぷぎっ」

私が悶(もだ)えていると、ゆる精霊はサレさんの肩からぴょんと飛び降りた。私の足元までぽてぽて二足歩行で歩いてきて、服の裾をよじ上(のぼ)ってくる。手足が短いので、なんとも言いようのない恰好で、また悶(もだ)える。

「フィグちゃんって言うんだね。可愛いなぁ。いいよ、気にしないよ」

「まあ、フィグ。浄化の姫巫女(ひめみこ)様に失礼ですわよ」

気にしないどころか、大歓迎だよ！

フィグというゆる精霊は、私の体を登頂し終えると、肩で一休み。全然重さを感じないあたりが、やっぱり精霊なんだなぁと思った。不思議な生き物だな。

「ぷっ、ぷぷぷぎゅ、ぷぅ、ぷぎっ」

フィグちゃんがサレさんに何か言ったようだ。ぷぎぷぎ鳴いてるだけでも、サレさんにはちゃんと言葉がわかるみたい。

「へぇ……」

微妙にサレさんから殺気が立ち上っている気がするのだが。なんて言ったの？

「あの、なんて？」

怖々聞くと、サレさんはにっこり笑って言った。

「消耗した霊力を取り戻すには、若い女の子にくっついているほうがいいんですって。そうですわね、浄化の姫巫女の霊力はさぞ心地よいでしょう。私は若くないですからね」

……ひぃぃ、笑顔だけどサレさんが怒ってるぅ。なんか空気が重いよ！

「ま、まあ。サレさん、ほら。これでも食べて落ち着きましょう」

誤魔化すようにタルト・タタンとフォークを差し出す。大好きな甘い物を食べて、機嫌を直してほしい。

「そうですわね。おいしそう」

よし、空気が軽くなった。そう思ったのも束の間。

次の瞬間、肩から飛び降りたフィグちゃんが、一足早くタルトを掠め取った。虚しくお皿の上で空振りした、サレさんのフォーク。

「あっ」

悲しげなサレさんの声を気にした様子もなく、フィグちゃんは短い両手で自分と大きさの変わらないタルトを抱え込んで、齧りつく。そんなフィグちゃんが可愛すぎて叱れない。いやぁ、精霊って物食べられるんだね。

「お、おいしい？」

「ぷぎゅ」

一応聞いてみると、フィグちゃんは返事をするように声を上げる。

そしてあっという間にタルトを完食してしまい、リンゴの一かけらも残らなかった。

「私の分が……」

「だ、大丈夫ですよ。まだありますから」

がっくり項垂れたサレさんが気の毒なので、一緒に離れの厨房に向かう。一応皮剝きに参加してくれたんだし、せっかくだから食べてもらわないとね。そう思っていたのに――

「いやぁ、あんまりおいしかったから、全部分けて食べちゃったよ」

残っていたのは空の大皿と、満足げな王子様たち、騎士団の方々だけ。

「ああ……」

結局、サレさんは最高のタルト・タタンを一口も食べることができなかった。まさに踏んだり蹴ったり。また作ってあげなきゃね。

その夜、精霊フィグちゃんは、怒ったサレさんに部屋から放り出されたらしい。そしてなぜか私のところにやって来た。まあ可愛いので許しちゃうけどね。

フィグちゃんのゆる可愛さにメロメロになってしまった私は、サレさんの部屋から聞こえた男の人の声について、すっかり忘れていたのだった。

六　モチーフクッキー・ショコラ

タルト・タタンを作った数日後。私は朝から、お城の離れの厨房にこもってお菓子を作っている。

そこへ中庭での剣の訓練を終えたアメルさんがやってきて、私を見ると呆れたように言う。

「また間抜けなのを乗っけてるのか」

「フィグちゃんだよ。間抜けなんて言ったら、怒るよ」

先日旅から帰ってきたというサレさんの契約精霊フィグちゃんは、よく私に上っている。なんとかサレさんに許してもらい、帰ったはずなのに、気がつくと肩や頭の上にいるのだ。現在は私の肩の上でお休み中。朝から寝てるってお気楽だね。

「邪魔ではないのか？　まったく、サレも放置とはけしからん」

「重くもないし別にいいですよ。長旅で消耗した霊力を回復させるには、私にくっついてるといいんですって。それに私も時々フィグちゃんに癒やされるんですよ」

「意味がわからん……ん？」

アメルさんが何気なく、寝てるフィグちゃんを指先でちょんとつつく。そして、その感触にハッとした表情になった。――ついにアメルさんも気がついてしまったか。

「ぷぎゅ！」

相変わらずの無愛想な顔のまま、無言で何度もフィグちゃんをつつくアメルさん。起こされたフィグちゃんが不満の声を上げても、アメルさんはやめない。

ぷにぷにぷにぷにぷにぷにぷに。アメルさんは指先でフィグちゃんを連打する。

「ぷぎゅううぅ！」

フィグちゃんは猛烈に抗議しながら、私の帽子の中に避難。やっと手を止めたアメルさんは、謝るでもなく、妙に納得したように頷いただけだった。心なしか満足げだ。

「……うむ。癒やされるという意味がなんとなくわかった」

「でしょ？」

精霊のはずなのに、物も食べるし触れるフィグちゃん。そんなこの子は非常に触り心地がいいのだ。たとえるならば、全身が子猫の肉球のような感じ。だから私も時々ぷにぷにさせてもらって、癒やしタイムを提供していただいている。アメルさんもハマったね？

「よし、お前はエミの邪魔にならないように、俺のところに来い。もっと揉ませろ」

「ぷ、ぷにぃ！」

あっ、フィグちゃんが逃げた。アメルさん、揉ませろはストレートすぎてアウトでしょ。しかも真顔で言われたら、フィグちゃんでなくても怖いと思うよ。

そんな様子を横目で見つつも、私は手を休めず作業を続けている。

町に持って行くためのお菓子作りだ。

この頃、お城の近くの町では悪霊に憑かれて困っている人は減ったが、それでも新たに憑かれる人もいるし、国内の離れた地方からわざわざ来る人もいる。最近は危険を冒して国外からやって来る人もいるので、何日かに一度はアメルさんたちと情報収集をかね、様子を見に行くことにしているのだ。国境を越えて来る人が増えているというのは……やはりバニーユ以外の国では事態が深刻化しているのだろう。そう思うと、嵐が来る前のように不安な気持ちになるのだった。

サレさんは忙しくてどうしてもお城を抜けられなかったので、今日はアメルさんと二人で町に来た。フィグちゃんは町へは出たがらないから、サレさんとお留守番。

何人か弱い悪霊を浄化し、今日はこのくらいにしておこうとお城に帰りかけた時。

「昨日、隣町で剣を持って暴れながら、浄化の姫巫女を探していた男の人がいるとの噂を聞きました。他国から来た人のようですが、どう見ても悪霊に憑かれているとしか思えない様子だったそうです。お気をつけください」

町の人からそんな情報を聞いた。

私を探していた？　悪霊に憑かれた他国から来た人が……？　また、姫巫女に浄化される前に、消してしまおう的な人……？　これはお菓子を作って待っていた方がよさそうだ。

翌日。専用の厨房で、私は焙煎作業中。

からから、からから。乾いた音が耳に心地よい。鼻をくすぐるのは香ばしい香り。

弱火のかまどで焙煎している物を、木ベラでまんべんなく転がしながら様子を見る。

お城の厨房にあった焼物料理用の大皿が日本の焙烙に近かったので、ペラの実やくるみに味が似たナッツを炒るのにお借りしている。それを使って、今日は新しい物を炒っている。

上手く行けば、今日は記念すべき日になるかもしれない。昨日、町で噂を聞いて、これを作ろうと思い立ったのだ。

「そろそろいいかな？」

焦がさないよう、でもしっかりと丁寧に焙煎する。色が濃くなって、香りが強くなってきた。

「それは？」

「ぷぎゅ？」

アメルさんとフィグちゃんが同時に聞く。

「ミーラ豆です。前に市場のカフェで飲んだ物は、干した物を砕いてそのまま煮出したらしいけど、さらに風味が出るかなと思ってよーく炒ってみました。これを細かい粉に挽いて、ショコラ風味のお菓子ができるかの実験です」

そう。異世界に来て初の試み、こちらの世界でのチョコレート作りに挑戦中。だけど、ミーラ豆はほとんど油っ気がない。固めるには、クリームかバターを使用しないといけないと思う。まずはココアパウダーの代用として使うつもり。

フードプロセッサーやミキサーなんてないので、石臼で挽いて粉にする。

こういう力仕事はアメルさんの担当。本人もやる気満々だ。

チョコレートへの執念は私よりアメルさんの方が上かもしれない。そんなわけで真剣そのものの表情で作業しているアメルさんである。

石臼の上に乗ってくるくる回るのを楽しんでいたフィグちゃんは、目が回ったのか、フラフラと出ていってしまった。いや、冗談だろうが『邪魔するとお前も挽くぞ』とアメルさんに小声で言われて逃げていった、というのが正解かもしれない。

ごりごりとミーラを石臼で挽いてもらうこと数十分。細かく細かく。

おおー。ココアのように赤みのある褐色ではないものの、香りはものすごく近い。きなこくらいの細かいパウダーになった。いけるんじゃない、これ？　それを丹念にふるいにかける。

ちょっと指先につけて舐めてみると……

「うん、ココアだ！」

味も香りもまさにココアパウダー。でもお砂糖を入れていないのに結構甘い。そういえばキャロブって、古代ではお砂糖のかわりに使われていたんだったよね。やっぱりこの豆は同じなのかな？もう少し苦味があるプレーンな感じを想像していたので、もしお菓子に使うならお砂糖の量を調節しないと。本のレシピの通りだと極甘になっちゃいそう。

アメルさんも指につけてぺろりと味見。

「おお、あれにかなり風味が似てるな」

「でしょ？　最初から甘いのがカカオとは違いますが、これはこれで」

試しにお砂糖を入れずに、ミーラのパウダーを温めたミルクに溶いてみる。焙煎したことにより風味が増して、限りなく濃い本物のココアの味になった。

「わぁ、懐かしい味だぁ……」

「これはいい」

アメルさんも気に入ってくれたみたい。フィグちゃんにも後であげよう。

外はすっかり寒くなってきた今日この頃。温かい厨房の隅っこで、なんちゃってココアを啜りつつ二人でしばしまったり。会話を交わすわけでもなく、戯れ合うでもない。それでもこうしてアメルさんと二人でいると、なんだか落ち着く。

無愛想で無表情なのは変わらないけど、考えてることもそれなりにわかるようになってきた。この頃、アメルさんの眉間の皺も少し薄くなった気もする。

それは私だけでなく、サレさんやミエル君など身近にいる人たちも感じてるみたい。

幼い頃のアメルさんはよく笑う表情豊かな子だった、と王妃様は言っておられた。いつからか笑わなくなってしまった、と。

だけど……前にタルト・タタンを食べた時に一瞬見せた笑顔。蕩けるような笑顔だった。きっとあれが本当の顔。あんな顔のアメルさんをもっと見たいな。

もちろん私は、元の世界に戻りたい。製菓学校を卒業して、資格を取って、お店で修業して。お菓子の本場の国に留学もしたい。腕を磨いて憧れのパティシエ風間と同じ舞台に立ちたい。お菓子で人を幸せにできる素敵な職人になりたい。だから、私の使命を果たして帰りたい。

なのに、使命を果たすという前に、アメルさんの笑顔が見たくてお菓子を作っている気がする。

いつの間にか、私の中でとても大きな存在になってしまった、アメルさん。

好き……なんだろうな。そういえば、最近パティシエ風間のことを考える回数も減ったかも――ココアの懐かしい味で落ち着いたら、つい思考の迷路に迷い込んでいた。それを引き戻したのはアメルさんの声だ。

「どうした？　ぼうっとして」

「ん？　いえ、この粉でどんな物が作れるかな、と思って考えてました」

ちょっぴり頬が熱い。赤くなってないかな、私。誤魔化すように言うと、アメルさんがほんの少し嬉しそうに目を細めた。

「今度はどんなおいしい物を食べさせてくれるのか、楽しみだな」

アメルさんは私のことを、大好きな甘い物を作ってくれる奴くらいにしか思ってないようだ。

ま、それもいいか。

さて、ココアパウダーもできたし、アメルさんには一旦騎士団に戻ってもらう。私は気合を入れ直してお菓子作りに入ろう。

以前からココアパウダーがあったら、ぜひ作ってみたかったお菓子がいくつかある。

まずは模様の入ったクッキー。市松や、渦巻き、マーブルなんかのね。

クッキー自体は、一度にたくさん作れて持ち歩きも容易なので、騎士団の人たちに携帯してもらうためによく作っている。プレーンな物だけでなく、ナッツを入れたり形を変えたり。

それをさらにショコラ風味の生地とプレーンで二色にすると、味にも見た目にも変化が出て、食べてもらいやすいと思う。

これを作ることにしたのは、昨日町で聞いた、私を探していたという人のことが気になったから。刺客かもしれないし、どんな悪霊がついているのかもわからない。でもどうせなら、少し特別なお菓子を用意したくて、こちらではまだ一度も作っていないショコラ風味の物を選んだのだ。

クッキーの成型はアイスボックスクッキーの要領で行う。冷凍庫ほどは冷えないけど、ここには幸いにも冷蔵庫がある。生地を冷やし固めるには充分だろう。

砂糖と植物バターをクリーム状になるまですり合わせたら、粉と卵を入れてプレーンの生地を作る。それを二つに分けて、一方にココアパウダーを投入し、黒い生地が完成。今回、ミーラ豆自体が甘いので、お砂糖は通常の分量の半分まで減らしてみた。

柄になるように組み合わせたら、市松柄は四角く、渦巻きは筒型にまとめて冷蔵庫へ。しばらく冷やして、包丁で一センチ幅くらいに切り分ける。これで、切っても切っても同じ柄がいくつもできあがるという寸法。後は天板に並べて、石窯式のオーブンへ。

ああ、楽しい。これ大好きなんだよね。自分自身が楽しく作るのも大事。それがおいしさに繋がるなら、結果、浄化の力も増すかもしれない。

バターとショコラの甘い香りがしてきた頃——

「ぷぎゅ、ぷぅ！」

あ、いつの間にかフィグちゃんがまた帰ってきてた。匂いにつられて来たのかな？

「もうちょっと待っててね。そろそろできあがるからね」

肩の上に乗った精霊さんにそう言って、オーブンの中を覗く。よしよし、ちょうどいい感じ。大きなミトンをはめて天板を取り出そうとしたら、もう一人現れた。アメルさんだ。

「火傷するなよ」

できあがりを秘密にしておいて驚かせたかったので、焼けるまでは隊の方に戻ってて、と厨房から追い出したのに。予定よりちょっと早いけど、まあいいか。

鎧にマントで完全武装してるのは、お仕事の途中だからかな？

「いい匂いがしてる」

「ちょうど今できあがったところですよ」

オーブンから出したクッキーは、二色のくっきりした彩りで、模様もまあまあ上手く仕上がっていた。少し歪になってしまった物もあるけどご愛嬌だ。

「これは綺麗だ。菓子というより飾りタイルのようだな」

「面白いでしょ？　冷めたほうがさくさくしておいしいんですけど……」

そう言ってまだ熱いクッキーを一枚取ると、息を吹きかけて少し冷ましてアメルさんに差し出した。

「味見してください」

「ああ」

また、あーんの口が近づいてきた。クールなお顔のままでも、この人なんだかんだで結構可愛いこともやっちゃうんだよね。

「ぷぎぃ、ぷぷぅ」

フィグちゃんが不機嫌そうな声を上げて、ぱふぱふと私の肩を叩いてる。アメルさんだけズルい
ぞ、と言ってるのかな？　だけどアメルさんの味見がなきゃ、私にとっては完成じゃないんだよね。

「柄が面白いだけでなく、黒い部分はちゃんとミーラの独特の風味がある。これは美味い」

クッキー自体は慣れているからか、カッ！　はなかったけど、おいしいをいただきました！

そして口元にわずかな微笑みを浮かべているアメルさん。ああ、また胸がきゅんとするよ。

……などと、甘い余韻に浸る時間はそう与えられず、大きな声に引き戻される。

「ぷにゅぅ！　ぷぎぎっ！」

フィグちゃん、自分も味見したかったから怒ってる？　でもそうじゃなかったようだ。フィグ
ちゃんは私の肩から飛び下りて、ぽてぽてと入り口のドアの方に走っていく。何度も振り返って、
まるでついて来いと言ってるみたい。それを見て、アメルさんもハッとしたように慌てはじめた。

「おお、そうだった！　呑気にしている場合ではなかった。エミ、一緒に来い」

「何かあったの？」

「俺もわからんが、サレが急いで呼んでこいと慌ててた」

「ぷぎゅぷぎゅ！」

だから言ったのに、と言わんばかりに声を上げるフィグちゃん。私を呼びに戻ってきてたんだね。

悪霊に憑かれた人が来たのかな？　それにしても、サレさんが慌てるなんて、嫌な予感がする。

今焼けたばかりのモチーフクッキーを入れたカゴと本を持って、アメルさん、フィグちゃんと走る。向かった先はお城の表門。

「エミさん、アメル様、来てくださったのね！」

先に来ていたサレさんは、困り果てたような顔をしていた。

「何かあったのですか？」

「あれを」

指さされた先を見て、息を呑んだ。そこには衛兵に囲まれた若い男の人がいた。

「浄化の……姫巫女、様に……会わせ……」

絞り出すように呟きながら、石畳に膝をつくその若い男の人は、あちこち傷だらけで血だらけ。

ボロボロだけど、かなり身なりのよい人だ。

その人は短剣を持った右手をもう片方の手で押さえている。まるで右手が動かないように押し留めているかのようだ。

「ひょっとして、町で聞いた、暴れている他国の男ではないか？」

あっ……！　アメルさんの言葉に、まさにそれだと思った。

彼には今まで見たものと比べ物にならないほど濃い黒い靄が、まるで蛇のように巻きついていた。

悪霊、それも相当強いものが憑いてるのは、一目瞭然だ。

「ものすごく強い悪霊みたいですね」

「ええ、私も頑張ってみましたが、強すぎて為す術もなく。幸い、本人がかなり強い意志の持ち主でしてね。悪霊によって暴れてしまうようですが、他の人を傷つけぬためにああして押さえ、自分を傷つけ続けて、この城に辿り着いたそうです。浄化の姫巫女——あなたに会うために」

サレさんの言葉に、ガツンと頭を殴られたような衝撃を覚えた。

なんてことだ。こんなに傷だらけになってまで、私を頼ってきたと言うの？

浄化の姫巫女というのは、それほどまでの存在なの？

私はただ、好きなお菓子が作れて、役に立つなら一石二鳥だ、とお気楽な感覚だった。なんとか他の人の力を借りてやっているだけなのに。

アメルさんにときめいて、アメルさんの笑顔を見たくてお菓子を作ってるなんて、そんなのんきなことを考えてた自分が恥ずかしい。

「今までの相手とは比較できないほどの強い悪霊ですわ。ここまで耐えて来たことが奇跡と言えるくらいに。しかし、完全に意識を乗っ取られるのも時間の問題。浄化できそうですか？」

「……する。しなきゃ」

何がなんでもこの人を助けてあげたい。これだけ強い悪霊に憑かれていても、他の人を傷つけないように耐えるなんて、この人は本当にすごい精神力の持ち主だ。そんな人に頼られて、無理ですなんて言えるわけない。

何があっても浄化してみせる！　もうこれ以上、苦しんでほしくない。

私は、勇気と力を貸してくださいと祈りつつ、大事な本を抱きしめ直す。

正直、緊張する。足が震えるほど怖い。だけど、引くわけにはいかない。

さっと身を引き、二手に分かれて道を空けた騎士が見守る中、私はその人の前に進み出た。

「私を探していたというのはあなたですか？」

そう言うと、傷だらけの人は顔を上げて私を見る。

「貴女が……浄化の姫巫女……？　やっと……」

縋りつくような目をしたのは一瞬のこと。すぐにその表情が鬼気迫るものになった。

「……会エタナ、浄化ノ姫巫女！」

声も途中から変わる。湧き上がるような低い声は、さっきの声とは違う、ひび割れた鐘みたいな不気味な響き。彼の目は、赤く異様な光を放ちはじめた。

私がクッキーを差し出す前に、男の人の短剣を持つ手を押さえていた左手が離れた。

男の人は悪霊に意識を乗っ取られたのだと理解できたが、私の体は動かない。男の人は素早く立ち上がり、私に向かって短剣を振り翳した。キラリと光った刃が視界の端で銀色の尾を引く。

「危ない！」

鋭い声と、キン、と金属の触れ合う音が響いた。目の前に翻るのは白いマントと、赤銅色の束ね髪。私を守るように立つ大きな後ろ姿。アメルさんだ。

アメルさんの長い剣は、男の人の短剣を止めている。それをアメルさんが押し戻すように振り抜くと、短剣が飛び、男の人は尻もちをついた。

その喉元に、アメルさんの剣の切っ先が向けられる。彼をキッと睨んだ男の人の目は、まだ妖しく赤く光っている。

しかしふいに、男の人の目から赤い光が消えた。

「申し訳……ない……体が、勝手に……」

絞り出すような声は、さっきの不気味なものじゃない。本人のものだろう。この人はまだ完全には乗っ取られていない。

アメルさんが一旦、剣を納めた。私は体の震えを押さえながら、穏やかにと心がけて言う。

「あなたのせいでないことはわかってます。大丈夫ですよ」

この人はまだ一生懸命戦っている。本当に強い人だ。彼が持ちこたえている間に、悪霊を浄化してあげないと。

「よくここまで耐えましたね。暴れる悪霊に憑かれていても、他の人を傷つけないために抗って頑張るなんて、あなたはなんて強い人なんでしょう。つらかったでしょ？　痛かったでしょ？　でももう気持ちを楽にしてください。今度は自分を大切にする番です」

浄化の姫巫女として頼りなく見えないように、私は堂々と余裕そうに振る舞う。彼に安心してもらうべく、必死だ。するとほんの少し男の人の表情に力が戻った。

「自分を……大切に……」

「これを。あなたは強い。きっと悪霊にも勝てます」

そう言ってクッキーを差し出した。

男の人は受け取ったクッキーを口に運ぼうとする。しかし手が邪魔をするように震えて、口に入らない。悪霊もまた、内側で抗い続けているのだろう。

「どうぞ。口を開けて」

私は新しいクッキーを男の人の口元に運ぶ。

男の人はなんとか首を動かして、口を開けた。実際には聞こえないけれど、その動きはぎぎぎ、と音がしそうなほど硬い。

そして男の人はやっと一口齧った。クッキーがさくり、といい音を立てる。沈黙の数秒後――

「ああ、噂は真だった。本当に……おいしい」

そう呟いた男の人の表情が柔らかくなり、体からすっと力が抜けていく。

もう一口。彼は自分でクッキーを持って齧った。

彼を取り巻いていた黒い蛇のような深い闇が、のたうつみたいに激しく蠢く。そして男の人がふっと気を失うと同時に、キラキラと煌く白い光に変わった。上手くいった？

「来ますよ、アメルさん」

「ああ」

アメルさんが聖剣を構える。

ぶわっ、と巨大なものが倒れた男の人から立ち上がった。

白い光の中に精霊がいる。苦しげにもがいているのは、今までになく大きな姿。それは姿形と言い大きさと言い、人そのものだ。青紫の長い髪を持つ、背の高い美しい女性に見える。

あまりに人に近いためか、アメルさんも一瞬斬るのをためらったくらいだ。

「年を経た高位の精霊ほど、人の姿に近く大きいのです。かなり高位の夜の精霊ですわね」

サレさんが説明してくれたけど……

「斬って大丈夫なんですか？」

そう聞くと、サレさんは微妙な表情ではあるものの断言した。

「大丈夫です。死にはしませんわ」

それを聞いて、アメルさんは精霊めがけて思いきり剣を斬りつけた。精霊のためとわかっていても、姿が姿だけにあまりに生々しい光景だ。私は思わず目を閉じた。

「キャアアア――――！」

悲痛な声が上がって、あたりが静まり返る。おそるおそる目を開けると、そこには人型精霊の無残な姿が……なかった。

剣を振り抜いたままのポーズで、呆れたような顔で固まったアメルさん。彼の視線を追うと、何かと目が合う。

「ぴ？」

……ヒヨコ？　精霊がいた場所には、小さな薄紫の丸いヒヨコがちょこんと鎮座していた。ゆるキャラみたい。……先の美しい姿を見た後だけに、無残と言えば無残。

サレさんはヒヨコを示して言う。

「霊力を消耗した高位の精霊はこうなります。夜の精霊が持っている力のほとんどが闇の力でしたので、消えた部分が多かったのでしょう。もう無害ですわ」

うん。見ただけで人畜無害とわかるよ。精霊ってホント不思議な存在だな。

「ぴ、ぴぴぽ、ぴ」

紫のゆるいヒヨコ精霊は何事かを言うと、お辞儀をするように傾いた。そしてポテポテと数メートル先まで歩いて行き、ぽんっと姿を消す。

なんだか拍子抜けして、しばしアメルさんと一緒にぽかんと立ちつくす。

「やりましたね、エミさん、アメル様」

「ぷぎゅ、ぷにゅう！」

駆け寄って来たサレさんとフィグちゃんの声で、足の力が抜けて思わずへたり込んでしまった。

「きっ、緊張したよぉ……」

「よしよし。よくやった」

アメルさんが投げやりとはいえ褒めてくれたので、なんとか泣かずに済んだ私だった。

そうだ、アメルさんといえば。

「さっきは助けてくれてありがとうございます」

「言ったはずだ、お前は俺が命懸けで守ると」

うう、またそんなドキドキしちゃうこと言うんだね！　心臓に悪いよ。

強い悪霊から解放され気を失っていた男の人が、アメルさんに付き添われて私の厨房にやって来たのは、もう陽も暮れようという夕方だった。

体中の傷を治療してもらい、着替えたその人は、とても上品そうで穏やかな感じの男前だった。

年はカネル王子よりは上だろうか。でもまだ若く、二十代後半に見えた。

とりあえずお茶でも……と、ちょうど来ていたサレさんと共にテーブルにつく。

「私は隣のファリーヌ王国からまいりました、ブラン・タンドールと申します」

その名前を聞いて、サレさんが驚いたように声を上げた。

「まあ！　タンドール伯爵といえば、マルムラード女王の婚約者ではないですか。お噂は聞いておりましたが、まさかこんなにお若いとは思っておりませんでした」

えっ、そうなの？　女王陛下の婚約者って、ものすごい立場じゃない？　ってか、国賓級じゃないの！　そんな方をこんな離れの厨房に連れてきてよかったの？

「いえ、恥ずかしながら、婚約は白紙に戻されてしまいまして……」

しーんと静まった一同。うん。非常に間が悪い。

タンドール伯爵家は超大国ファリーヌきっての名家。父である先代当主が病気で早くに亡くなり、現伯爵はその家督を幼くして継がれたのだとか。ファリーヌのマルムラード女王も、同じく先代の急逝で、若くして王位を継がれたという。境遇が似ていて、年が近く幼い頃から交流があったこともあり、二人は婚約したのだそうだ。だが突然、女王から婚約を破棄されたらしく……ううっ、悲しい話だ。

「それにしても、あの状態でよくファリーヌからこのバニーユまで辿り着けましたね」

気を取り直して、お話を聞くことに。

「浄化の姫巫女様が降臨されたという噂は、ファリーヌまで届いておりました。聖なる力をこめた美味なる物で悪霊を浄化し、バニーユの民を多く救ったと聞き及んでおります。ファリーヌの民は今、このバニーユの比ではないほど悪霊の力に苦しめられています。是非ともお力を貸していただきたく、こうして無礼を承知でお願いにまいった所存」

深々と頭を下げ、タンドール伯爵は訴えた。命懸けで国のために助けを求めにきたなんて、やっぱりこの人はすごい。

「それにしても伯爵様がわざわざお一人で……お供も連れず大変だったでしょう？」

「いえ、国を発った時は、騎士を数人連れておりました。ですが途中で自分たちもあのような凶暴な悪霊に憑かれてしまい、バニーユの民に迷惑をかけまいと先に帰らせたのです。結果このような無様な姿を晒しまして、お恥ずかしい」

……なんとも壮絶な話だな。どう声をかけていいかもわからない。

「ですが、こうして姫巫女様にお会いできてよかった。そのお力が本物だとわかりました。それに……おいしかったです、本当に」

ふわりと優しく微笑んだ伯爵。あんな緊迫した場面だったけれど、ちゃんとおいしいって感じてくれたんだと思うと、すごく嬉しい。

「クッキー、まだありますよ。実は先にお噂を聞いて、あなたのために用意していたんです」

せっかくだから、普通の状態でも落ち着いて味わってもらいたい。

あらためて勧めると、伯爵はクッキーをひとつ摘み上げて、ほうっと息を漏らした。

「じっくり見ると、こんなに凝った作りになっていたのですね。模様が美しい」

……ちょっと歪になった渦巻きや市松だけど、恐縮です。

お上品にクッキーを翳って、伯爵は目を閉じた。

「模様になっていて目を楽しませるだけでなく、色ごとに味も違う。二色を一緒に食べる組み合わせも含めて、三つの味が表現される仕様。見事です」

すると伯爵は急に顔を伏せると、頬につぅと涙を流す。私は慌てて声をかける。

「どうなさいました？」

「本当に心に染みる味です……国の者にも食べさせてやりたい……」

死ぬほどの苦労をして、離れてきた故郷が思い出されたのだろうか。悲しげな表情に胸がきゅっとなって、思わず私は言ってしまった。

「もちろん、ファリーヌの人たちにも食べてもらいましょう」

それを聞いて伯爵が顔を上げる。

「では、姫巫女様はファリーヌへ来てくださるのですか？」

「命懸けで呼びに来てくれた人を断るわけにいきませんよ。それに、バニーユ以上に困っている人がたくさんいるんだもの。ファリーヌに行かないと。そうですよね？　アメルさん、サレさん。一緒に来てくれますよね？」

声をかけると、サレさんは頷いたが、少し不機嫌にアメルさんが返す。

「なぜ俺たちに聞く？」

「だって剣と知恵が一緒じゃないと、浄化の姫巫女じゃないですから」

「いや、お前が行くなら、俺も一緒に決まっている。なぜわざわざ確かめる」

「……はぁ」

まったく、ちょっとは空気読もうよ、アメルさん。しれっとすごいこと言っちゃってるし。

「よかった……」

ホッとしたように伯爵が顔を覆った。今度は嬉し涙が出てしまったようだ。


ファリーヌへ行くと約束し、伯爵も落ち着いたところで、お茶を飲みながら詳しい話を聞くことにした。

「世に不安と混乱をもたらしているのは、ファリーヌが他国に戦を仕掛けたことが発端でした。しかし……マルムラード女王は、本当は争いを好まぬ優しいお方なのです。このような事態は、ひょっとして途轍もない力を持った悪霊が、女王に取り憑いているからではないでしょうか」

伯爵の言葉に、フィグちゃんが急に反応した。今まで素知らぬ顔で、サレさんの肩の上でクッキーを食べていたのに、何か訴えるように声を上げる。

「ぷに、ぷにぃ、ぷぅぷぷぷ」

「聖域での戴冠式の折、マルムラード女王が封印の石碑を動かし、そこに閉じ込められていた古の闇の力を解放してしまった。その強大な闇の力が女王に宿ってしまったのだろう。またその闇の力が、次々と本来清らかな精霊たちを悪霊に変えたのだ。それが今の世の中の混乱の元凶だ……とウチの精霊が申しております」

サレさんがフィグちゃんの言葉を訳して伯爵に告げる。

ぷにぷに言っただけなのに、フィグちゃんはそんなに難しい話をしたのか。それよりフィグちゃんは、何ゆえそんなに詳しいのかな？　そっちの方がびっくりだよ！

しかし誰もツッコミを入れないまま、伯爵が大事な話を続ける。

「戴冠式には私も参列しておりました。確かに女王が足場の悪い聖域で躓いて手をつかれ、わずかに石碑が動いてしまったという事故はございました。その時は何も起こりませんでしたが、まさかあれが古の闇の封印の石碑であったとは……それならば納得がいきます。しかしファリーヌの城にも魔法使いがいるというのに、なぜもっと早くわからなかったのか——」

「ぷ、ぷにぷぎゅうぅ」

「気づいたファリーヌの王室付き魔法使いが、悪霊に憑かれた女王に任を解かれて追放されたからです。その魔法使いの契約精霊を探し、直接話を聞いたので間違いない……と言ってますわ」

またもフィグちゃんの通訳をするサレさん。

ん？　私、その話を聞いたことがあるような……だけど、いつだか思い出せない。

ああ、それよりも。なんだかものすごく、核心に迫ってきた気がする。

要は、ファリーヌが他国にいきなり戦争を仕掛けたのは、悪霊の親玉、ラスボス的なものが女王に取り憑いているせい。それを倒すか浄化しないと、終わらないってことか。

詳しくはわからないけど、聖域に封印されていたというあたり、生半可なものではない気がする。

「あの、その石碑に封印されていた闇の力とは、そんなに恐ろしいものなんですか？」

私が聞くと、みんなが微妙な表情で顔を合わせた。なんでも、この世界では常識レベルの有名な話らしい。サレさんが私に説明してくれた。

「昔々、この世界の人々は戦ばかりで、世は荒れ放題。それを憂いた大地の精霊の王がおりました。そこで、精霊王は世界中の人間の心の暗い部分……欲望や妬み、恐れ、怯え、悲しみ……そんなものをひとまとめにして、この世から消し去ろうとしたのです。ですが、集められた人の心の暗い部分は、思った以上に深い悪意の闇だった。その精霊の王は闇に呑み込まれ、悪しき闇の精霊になってしまったのです。聖域に封じられていたのは、その闇の精霊王です。かつてファリーヌの内陸部には精霊の国があり、緑の森の広がる豊かな大地でした。それを今の草木も生えぬ虚無の砂漠に変えてしまったほどの力を持っている――と言うと、その恐ろしさがわかっていただけるかと思います」

お、おおぅ……。言葉にも詰まってしまった。

緑の大地を砂漠にって！　もう悪霊なんて可愛らしいレベルじゃない、大魔王レベルだよそれ！

女王様にそんなのが憑いてるってか！

ものすごく嫌な予感がするけど、一応私は聞いてみる。

「だけど、それは長いこと封印されていたのですよね？　ってことは、誰かがそれに勝って石碑に封じこめたのでしょう？」

サレさんは即答する。

「もちろん、かつて現れた浄化の姫巫女によって」

「……へぇー」

やっぱりね。なんかそう来ると思ったんだよ。そうですか、誰もが知っている有名なお伽噺（とぎばなし）というのは、そういう話だったんですね。今更だけど。

浄化の姫巫女（ひめみこ）すごいね！　昔の。なるほど、それはみんなに崇拝（すうはい）されるわ！

ちょっと待て。と、いうことは――

「そのとんでもない闇の精霊王を、今度は私が浄化せねばならないと？」

「そうなりますね」

サレさん……泣いていい？

さっきは私もかなり使命感に燃えて、やる気になってたよ。ファリーヌにも行くって言っちゃった。でも無理！　そんな途轍（とてつ）もないものに勝てるわけないじゃないのよ、この私が。

昔の姫巫女（ひめみこ）がどんな方法で悪霊を浄化したのかはわからないけど、私はお菓子を作って食べてもらうしかできないんだよ？　そんなラスボス的な何か相手に、どうしろと言うんですかっ！

心の中で叫ぶ私をよそに、伯爵様、サレさん、アメルさんが盛り上がりはじめた。

「しかし神は私たちをお見捨てになられませんでした。伝説の通り、浄化の姫巫女（ひめみこ）を遣わしてくださったのですね。しかも自分も救われるとは思いませんでした」

若き伯爵様は天井を仰（あお）ぎ、お祈りのポーズでうっとりと言う。

「本当ですわね」

「ぷぎっ」

サレさんとフィグちゃんまで同じポーズをしてる……

「だが……伝説の姫巫女がこのちっこいので、浄化の方法が悪霊に憑かれた相手に菓子を食わせるだけなんてな……。まさかの予想外と思うのは、俺だけだろうか？」

安定の正直すぎるアメルさん。もう慣れてるからぐさっとも来ないよ……。やはり私って予想外なのか。私本人もまさかって思ってるんだよ！

そのことについては、伯爵が案外あっさり回答を出した。

「闇の精霊王に憑かれてしまったマルムラード女王は、大変な美食家なのです。特に甘い物が大好きで。今代の浄化の姫巫女が美味なる物で浄化する力をお持ちなのは、そのためではないでしょうか。これも神のお導きかと」

彼の考えに、アメルさんたちも頷く。

「ふむ、なるほど」

「それですわよ！」

「ぷぎゅっ」

あの……みんなで好き勝手言って納得しているところ悪いが、私ってそんなにすごくないよ？

これが神の導きなら、神様を恨みたいよ？

でもこれを果たさないと、私は元の世界へ戻れないのだろうな。そうはわかっていても、さっきほどの使命感は湧いてこない。こう、話が大きすぎてピンと来ないのだ。

そこで突然だが、失礼を承知で伯爵にお尋ねしたいことがある。

「えーと……タンドール伯爵は、今でも女王を愛しておいでですよね？」

「こら、エミ」

突っ込んだことを聞くな、とアメルさんは止めたのだろうが、伯爵はきっぱりと答えた。

「ええ。婚約を破棄されようと、私の気持ちは変わりません。今でも命を懸けて愛しています。元の優しい女王に戻り、幸せになってくれるならそれでいい」

「それを聞いて、すごくやる気になりました」

よし行こう。ファリーヌへ。闇の精霊王に憑かれてしまった女王のもとへ。

もうこの際、世界がどうのなんて考えない。女王に元の優しいお方に戻っていただくため！　とても素敵なタンドール伯爵の大事な女性を、悪霊の手から取り戻すため！　そう思おう。それならイメージできるし、やる気が出るというものだ。

ひいては世界を救うことになるのだから。

そして、それが私の果たすべき使命なのだとしたら、やるしかない。

七　ダクワーズ

ファリーヌに行くと決意した二日後。私たちは早くもファリーヌ国内に入ったのだけど……

「あづぅ……」

「ぶにぃ……」

呻（うめ）くように言った私とフィグちゃんに、アメルさんのお叱りが飛ぶ。

「情けない声を出すな」

だって、日差しを遮（さえぎ）る木一本すらない砂漠にいるんだよ？　カラッカラだよ？

それに、日差しと砂の照り返しから目や肌を守るため、まるで中東の女性のように全身を布で覆（おお）って頭からベールを被ってるものだから、熱がこもる。

まあ、アメルさんは全身騎士鎧（きしよろい）で固めてるのだから、軽装の私たちがあまり文句を言えたものではない。アメルさんは顔に出さないけど、暑いだろうね。汗疹（あせも）はできないのだろうか。

そんな彼が不機嫌に言う。

「船で川を下ってから海岸沿いにファリーヌ王都に入る方法もあったのだが、エミは船が嫌だろう？　だったらこうして馬で砂漠を横切るしかあるまい？」

そうですね。スミマセン、私のせいでした……

「まあ、これが一番の近道ですし、悪霊もこの虚無の砂漠にはおりませんから、安全ですわよ」

これまた全身を布で覆い、日焼け対策バッチリで、もう誰だかわからない姿のサレさんが優しくフォローしてくれる。

タンドール伯爵を浄化した次の日、私たちはすぐさまファリーヌに向かって旅立った。

案内してくれるタンドール伯爵と共に旅に出たのは、アメルさん、サレさん、そして私の三人……と精霊フィグちゃん。留守中に悪霊に憑かれた人が来たら食べさせてあげて、と大量のクッキーやキャラメルなどの保存の利くお菓子を用意して置いてきた。

ファリーヌへの道程はかなりハードだ。

国境の山を越えると、どこを見ても緑濃いバニーユの風景とは一転、乾燥して木もまばらな荒野。それも抜けると、今度は木さえ生えていない広大な砂漠が広がっていた。

ここはかつて緑豊かな森が広がっていて、精霊たちが住んでいたという。それをこんな死の砂漠に変えたのが、女王に憑いている悪霊だと思うと恐ろしい。

「もう少しで砂漠を抜けられます。先には泉も湧いています。そこまで頑張りましょう」

「そうですね」

伯爵の言葉にただ頷いて、私たちは砂の大地を進み続ける。

頭に浮かんでくるのは、バニーユを出る前のこと。

立派に役目を果たしてこい、と送り出してくれた王様。子供みたいに泣きじゃくって、行かないでと抱きしめてくれた王妃様。必ず無事に帰ってきて、とお守りをくれたカネル王子。ついて行くと最後まで言っていたけど、アメルさんに留守を頼むとお願いされてなんとか踏みとどまったミエル君たち騎士団の人たち。その一人一人の顔を思い出す。

バニーユのみんなにもう一度会えるだろうか。この世界に来た時よりも、陸続きの隣の国に行くだけの今のほうが、寂しさを感じるのはなぜだろう。そんな自分が一番不思議だった。


ファリーヌの王都ウフに着いたのは、バニーユを出発して三日目。二つの月が昇る夜になってからだった。

「皆様お疲れでしょう。町の様子を見ていただくのは明日以降にしましょう。まずは私の屋敷でゆっくりお休みください」

そう言ってもらい、タンドール伯爵の邸宅にお邪魔することになった。

「わぁ……」

タンドール伯爵邸はすごく立派だった。さすがは女王陛下の夫に選ばれたお家柄だけあって、まるでお城のよう。

「バニーユから浄化の姫巫女にご足労いただだいたよ」

「ブラン様！　よくぞお帰りに……！」

怪我で包帯だらけの若い当主の帰還を、お屋敷の人たちが泣きながらお出迎え。それを見ていてもらい泣きしそうになった。実際、私の横には無表情のまま鼻を啜った騎士様もおりました……

夜になってから到着したにもかかわらず、お屋敷の使用人の人たちはもてなしの食事も用意してくれた。海沿いの町なだけあって、魚中心の料理は豪華でおいしい。

「バニーユのように新鮮な野菜が少ないので、お口に合いますかどうか」

伯爵はそうおっしゃいますが、感動しきりのアメルさん。

「いや、なんと素晴らしい。もうあれを食わなくていいだけでも……」

あれとは、旅の途中にサレさんが作ってくれたスープのことだろう。もったいないのでみんな無言で食べたけど、料理の腕は壊滅的だという評価は本当だった。フィグちゃんは一口食べて以降、荷物の袋にこもって出てこない。

「私もエミさんを見習って、お料理を練習しますわ！」

サレさんは力強くそう言うけれども……やめよう、犠牲者が増える。

「……今更嫁に行く年でもなかろう。やめとけ」

「アメル様、酷いですわね」

「まあまあ。貴女のように賢明で素晴らしい魔法使いである上にお美しい方が、それ以上完璧になられたら、世の女性が嫉妬してしまいます。程々にですよ」

同じくあれを食べさせられたタンドール伯爵、お上手。言ってることはアメルさんと同じだけど、なんと気の利いた言い回しだろうか。アメルさんにも見習ってほしいものだ。

そんな温かい歓迎を受けて、久しぶりにベッドでぐっすり眠れた。

翌朝、さっそくファリーヌの王都がどんな状態なのか見て回ることに。

どことなくアジアンテイストのバニーユとは違い、このファリーヌは南ヨーロッパ風。地中海の島を思わせる、石畳と白い建物が立ち並ぶ素敵な町並み。坂が多くて、家と家の隙間から青い海が見えるのもいい感じ。町は一見、とても穏やかに見えた。

看板を掲げているお店もたくさんある。だけど半分近くが閉まっているみたい。開いている店もバニーユの市場で見たような活気はなく、店先に並んだ商品は少ない。

それにしても、市街の中心地なのに人がまばら。女性や子供、お年寄りは多いけど、働き盛りや若い男性はあまりいないという印象を受ける。

案内をしてくれている伯爵に問うと、こう返ってきた。

「元気な平民の若者は戦兵に駆り出されているのですよ」

「……そうなんですか」

それを聞いて酷くショックだった。そうか、ファリーヌは戦争をしている真っ最中。

現代の日本生まれの私は、ドラマや教科書くらいでしか戦争を知らない。でもここでは戦争が現在進行形で起きているのだ。私が言葉を失っていると、サレさんが小さな声で言う。

「そう強いものは少ないですが、やはり悪霊が多いですわね。邪気に満ちています」

サレさんの言うとおり、あちこちにうっすらと黒い靄をまとった人が見える。

道の端に力なく蹲るお年寄り、体調が悪そうな女性、あやされても泣きやまない小さな子供……。どれも悪霊のせいらしい。なんとかしてあげたいけれど、私の手元には今、お菓子がない。

「ぷぎゅ、ぷぅ、ぷに」

「そうですわね」

フィグちゃんと何やら会話をしたサレさんが、一人の黒い靄を背負った女性に近づいた。

若いその女性はかなり気分が悪そうで、青い顔をしている。サレさんはその女性と一言二言会話してから、手を翳して呪文らしき言葉を呟いた。

すると女性の黒い靄は消え、小さな精霊が現れた。

「おっと！」

逃がすまいとアメルさんが精霊を追い、素早く聖剣で浄化する。

浄化された女性はすっかり元気になって、何度もお礼を言いながら去っていった。

へぇ、結構な連携プレイじゃないの……私なしでもいけるんじゃない？

「サレさんとアメルさんでも浄化できるのですね」

伯爵も感心している。だがそう簡単な話ではないらしい。

「弱いものならこうして私たちでもなんとかなりますが、強いものだと浄化の姫巫女におまかせするよりありません。それに数が多すぎるので、魔法では効率が悪いのです」

サレさんの言うように確かに数が多すぎる。

男の人たちが兵に駆り出されていることも、悪霊に憑かれている人が多い原因の一つみたい。

さっきの女性も、先日婚約者を戦場に送り出したのだそうだ。

愛する人、夫、息子、父親。そんな大切な人たちが戦場に行ってしまったら、心に不安や寂しさ、悲しみなどの強い負の感情が生まれる。それが悪霊を呼び寄せているのだ、とサレさんは言う。

「確かに元を断つ……他国との戦争を止めるか、女王に憑いているものをなんとかしないと、キリがないな」

アメルさんもいつも以上に難しい顔でため息まじりだ。

この国の深刻な状況がよくわかった。伯爵が命懸けで助けを求めてきたのも頷ける。

女王に憑いている悪霊の親玉を倒すにも、町の人たちを少しでも浄化するにしても、私はまずはお菓子を作らねばならない。

問題は、ファリーヌで材料が手に入るか。粉類や砂糖などは持ってきているが、荷物を減らすため、ほとんどを現地調達するつもりで来た。

「市場はなんとか機能しているはずですよ」

というわけで、伯爵に案内してもらうことになったのだけど——

「うーん……」

バニーユの一番大きな市場と比べてはいけないのだろうが、ファリーヌの市場は王都のわりにはかなり残念な感じだ。まず工業の国だからか、布製品や金属製の物を扱う店が多い一方で、食料品を扱う店が少ない。その数少ない店も、海があることから魚屋さんがほとんど。

「以前はもっと活気があって、異国の物で溢れていたのですがね……」

伯爵もがっかりしている。

貿易が盛んな国とあって、違う大陸からも珍しい品がたくさん入ってきていたそうだけど、只今戦争中のこのファリーヌ。危険を冒してまで海を渡ってくる船も少ないそうだ。やはり、どの角度から見ても戦争は悪いことしかない。

それでもバニーユにはなかった果物やナッツなどが少し売られている。残念ながら私に知識がないので、どうやって使えばいいのかもわからない。気分的にあまりチャレンジャーにもなれない。

しょんぼりしていると伯爵がいいことを教えてくれた。

「この国は砂糖だけは豊富ですよ。原料のローペはほぼ海の向こうの国から入ってきますが、国内でも一部で栽培されていますし、精製技術を持つ工場を一番多く持っているのが、このファリーヌなのです。バニーユで使われている砂糖も、ほとんどがこの国から輸出された物なのですよ」

初めて知った新事実。今まで使ってきた砂糖もファリーヌ製だった！

元の世界でも、寒冷地で作られるてんさいはともかくとして、砂糖の主な原料のサトウキビはそこそこ暑い国で作られていた。バニーユではサトウキビは寒すぎて採れないよね。

お菓子を作る上で、砂糖が豊富なのはありがたい。

アーモンドに似たペラも売っていた。これもこの国で採れるのだそうだ。

「あと、卵とバター、粉くらいは手に入りますね。なんとかなりそうです」

基本の材料があればシンプルなお菓子は作れる。しかし、問題はありきたりなお菓子を女王様が食べてくれるかだ。

女王にどこまで本人の意識があるのかもわからないが、憑かれている人の心を動かさねば、浄化はできない。美食家として有名な彼女の心に響くお菓子を作れるのだろうか。

不安はあるけど……とにかく、一度何か作ってみよう。そしてマルムラード女王に会わなければ。

こちらにいる間は、伯爵邸の厨房を借りて、お菓子を作らせてもらうことになった。

先に伯爵と従者の人が材料を屋敷に持って帰って、かまどや道具をすぐに使えるよう準備しておいてくれるという。私とアメルさん、サレさんは、もう少し町の現状を視察しながら、ゆっくり帰ることにした。

カンカン、と金属を打つ音。カシャカシャと何かを動かす音。そんな音が響く大きな建物が多い町外れの地区を通った。

「この辺りは金属製品を作る町工場や鍛冶屋が多いみたいですわね」

サレさんが言う。工場と言っても、電気もガスもない世界。作業は手仕事がほとんどみたい。表の看板によると、フォークやスプーンみたいな日用品の工場や、農機具を作る鍛冶屋だと書いてあるそうだが、完成品と思われる物が積まれた一角にあるのは、剣や鎧などの武具ばかり。中には大砲みたいな物も見える。戦争の影響がこんなところにも出ているのだと思うと、悲しい。

そんな地区を進むうち、何に使うのかもわからない物が表にごちゃごちゃと積まれた、扉もない簡素な小屋が見えた。その横を通り過ぎようとした時、小さな何かが小屋から出てくる。

二足で立ってぎこちなく歩いているのは小さな人。三十センチほどの身長だろう。綺麗なドレスを着て、金色の巻き髪に大きなリボンをつけた女の子が、瞬きもせずに歩いている。はじめは精霊かとも思ったが、違うみたい。

「ぷ、ぷぎゅううぅ！」

頭上のフィグちゃんが怯えたような声を上げた。

いやぁ、あんたも大概謎な存在なんだから……と思ったけど、確かにちょっと怖いかな。どうみても人形だよね？

少女の人形はトコトコとこちらに歩いてくる。

「め、面妖な。悪霊がついているのか？」

アメルさんは腰の剣に手を置いた。少しビビっているのかな。

「そんな気配はありませんけど……」

サレさんもちょっと引いてる。

そんな中、人形を追いかけるように、一人のおじさんが小屋から出てきた。

「脅かしてすまんかったな。これはからくりじゃよ。悪霊なんか憑いとらん」

そう言っておじさんはひょい、と人形を捕まえた。持ち上げられてもまだ手足を動かしている人形。その背中には、大きなゼンマイがついている。

「ゼンマイを巻くと動くんですね。そんな仕掛けの物もあるんだ」

ファリーヌはバニーユよりは技術が進んでるみたい。単純な物だが、久しぶりに見る動力付きのおもちゃに、なんだか嬉しくなった。そんな私の言葉におじさんが反応した。

「おや、嬢ちゃんは詳しいじゃないか。どうだね、気に入ったかい？」

「はい！　すごいですね。おじさんが作ったんですか？」

「おおよ。こんな物ちょちょいのちょいさね」

その後、気をよくしたおじさんが、得意げに原理を説明してくれること数分……

「ぷ、ぷぎゅぅ」

「わからん」

「すごいですねとしか」

話の内容がちんぷんかんぷんといった様子のアメルさんたち。おじさんはさらに追い打ちをかける。

「おやおや。年を取っても日々勉強。嬢ちゃんを見倣ってもっと勉強しないとなぁ。これからはからくりの時代じゃよ」

「なっ……！」

お、おじさん！　年齢には触れちゃダメだよ！

私がそう言う前に、サレさんが言う。

「勉強不足ですみません。それより、このお方を嬢ちゃんとお呼びするのはどうかと。このお方は、バニーユに降臨された浄化の姫巫女様ですのよ」

サレさんは笑顔だけど、口元と眉がぴくぴくしてる。横のアメルさんの眉間の皺もびしぃっと深くなっている。怒ってるだろうなぁ。後が怖いよぉ。

一方、おじさんはびっくりして飛び上がった。

「そりゃまた！　噂には聞いていたが、浄化の姫巫女様がこのファリーヌに来てくださるとは。まさかこんなに小柄な娘さんだとは思わなかったでな。失礼を」

「まあ、見た目は気にするな。一応本物だ」

アメルさん、フォローになってないよ。

その後、おじさんに町の様子などを聞くうちにすっかり仲よくなった。聞けば伯爵とも仲のいい知り合いらしい。

このあたりの工場はもはや軍需工場ばかりだという。おじさんは人を殺す武器を作るのが嫌で、勤めていた工場を辞め、こんな小さな小屋で発明をして暮らしてるんだそうだ。

「これも何かの縁だ。この国で困ったことがあったらなんでも言っておくれよ」

おじさんはそう言って、親しみやすい笑みを浮かべた。

町工場(まちこうば)のおじさんと別れ、町の一番高い丘に上がると、海に張り出す岬(みさき)の突端にファリーヌのお城が見えた。白いそのお城は、四角い箱を積み重ねたよう。まるで巨大な要塞(ようさい)みたいだ。

晴れ渡った青い空と海を背景に立つそのお城の上空に、黒く重い雲がかかっているように見えるのは、私だけだろうか。

あそこにマルムラード女王がいる。女王はどんな人なんだろうか。憑(つ)いている闇の精霊王ってどんなのかな。それを考えると、心の中にまで黒い雲がかかるような気がした。

その後、町からタンドール伯爵家の厨房(ちゅうぼう)に帰ってきた。

バニーユの私の専用厨房(ちゅうぼう)にも負けず劣(おと)らずの設備。……いや、さすがはファリーヌ、進んでいると言うべきか、オーブンがバニーユの石窯(いしがま)と違い、金属製だ。カッコイイ。

砂糖、バター、卵は準備完了。ペラの実は、挽(ひ)いてアーモンドプードルにしてもらった。

「女王様に気に入ってもらえるかわからないけど、頑張ろう」

「泡立ては任せろ」

すっかりメレンゲ職人になったアメルさんが、泡立て器を構えてスタンバイ。今回はひたすらまぜる作業があるので、活躍していただこう。

サレさんも手伝いに名乗りを上げてくれたが、丁重にお断りした。ごめんなさい。

それでは恒例、聖なる経典にお祈りをして作業開始。

「どんな物を作る？」

アメルさんの問いに、私は自信を持って答える。

「普通の焼き菓子より、ちょっぴりリッチな感じで、食感が楽しい物を」

今回は女王様への献上品としてふさわしいように、ふんわり焼き菓子にバタークリームを挟んでみようと思っている。

まずは生地。卵は白身だけを使う。それをしっかり目のメレンゲにする。

泡立ては、今日も卵白との真剣勝負に気合い入りまくりのアメルさんにお任せ。

「うおおぉ！」

アメルさんは雄叫(おたけ)びを上げつつ、手を動かす。動力は気合。頑張れ、アメルミキサー。

無事勝利を収めメレンゲができたら、ふるってまぜたアーモンドプードルと小麦粉と砂糖をざっくり合わせる。これを天板に小判型に絞(しぼ)って焼いて、生地の作業は完了。

先ほど分けた卵黄は、クリームに使う。

バタークリームにはメレンゲを使う物や、ミルクを入れる物など、いろいろな作り方がある。今回は卵黄を使うパータボンブタイプという物にする。濃厚な味わいのクリームだ。

まず、卵黄を白っぽくふんわりするまでまぜる。またよろしく、アメルさん。私はその隙に砂糖と水でシロップを煮ておく。シロップがふつふつしてきたら、卵黄のボウルに少しずつシロップを入れ、冷めてもったり重くなるまで、またまぜる。これでパータボンブは完成。

さらに、バターもクリーム状になるまで空気を含ませるようにまぜる。バターにパータボンブを合わせて艶が出るまでまぜたら、クリームのできあがりだ。

「どうかな？」

指先でクリームを掬って、アメルさんの口元に運んでみる。すると、ぱくんと指ごと咥えられてしまった。

「……っ!?」

ちょ、ちょっとっ！　そこはぺろって軽く舐めるところでしょ、普通！　思いきり指が口の中に！　……前から思っていたけど、アメルさんってかなりの天然さん？

かーっと照れている私をよそに、アメルさんはクリームを味わう。

「むっ！」

あ、久しぶりに『カッ！』が来た。そして微妙にアメルさんが足をジタバタさせている。相変わらず無表情なままだけど、これは上出来と見ていいだろう。

型がなかったので多少歪にはなったものの、生地もいい感じに焼きあがった。冷めたらバタークリームをたっぷり挟んで、二枚合わせて完成。

「できた！」

「これは？」

「ダクワーズ。ちょっと不思議なお菓子です。ではアメルさん、味見を」

やっぱりこの人の味見で締めないとね。

さくっともぱふっともつかぬ音を立てて、アメルさんがダクワーズを齧った。そして……ああ、微笑んでる。まるでメレンゲみたいにふんわりとした笑顔。

「確かにこの菓子は不思議な食感だ。表面はさくっとしているのに中はふんわりしていて、かつ口の中でホロホロと溶けるような。生地の味は淡白だが、挟んだクリームの味が濃厚でコクがあるから、ちょうどいい」

相変わらずアメルさんは名評論家だ。元の世界だったら、イケメン料理評論家としてテレビで人気者間違いなしだね。

「どう？　マルムラード女王に気に入ってもらえるかな？」

「俺はいいと思うがな」

アメルさんが太鼓判を押してくれた。見た目は少し地味だけど、女王に食べてもらうのはこのダクワーズに決めた。これが今の私のベストだ。

ダクワーズを持って、さっそく私たちはファリーヌのお城に向かった。

伯爵にいろいろと根回しをしてもらったけど、会ってもらえないことも充分に考えられる。でも突然お城に乗り込んだにもかかわらず、すんなり通していただき、いともあっさりと女王陛下にお目通りが叶った。

「うわ……」

その人を一目見た瞬間、思わず声が出た。

華麗な意匠の玉座にかけて、肘掛けに軽く頬杖をついたマルムラード女王。想像よりも若く、そして美しい人だった。長い銀の髪、白い肌、スミレのような紫の瞳。シンプルでいて豪華なドレスも、その美貌に霞むよう。でもそんな外見に驚いて声が出たのではない。

黒い靄が彼女の背後にあるのが見えたからだ。それも、今までに見た悪霊に憑かれた人とは比べ物にならないほど濃密な黒。それはまさに漆黒の闇。

アメルさん、サレさんと共にまずはご挨拶して、それぞれ名乗る。いくら悪霊の親玉が憑いているとはいえ、大国の女王。礼を尽くさねば。

お菓子を入れたカゴを持つサレさんと、騎士の正装のアメルさんが、私より半歩下がって控える中、女王は私を真っ直ぐ見る。

「エミと言いましたか？　あなたが浄化の姫巫女？」

優雅に微笑むマルムラード女王は、背後の闇以外は至って普通に見えた。

「バニーユに現れたという噂は、私のもとまで届いていました。一度会ってみたいと思っていましたが、まさかまだこんなに若いとは思いませんでしたわ」

むむぅ、女王様……それとも悪霊の親玉だろうか……、彼らに私は一体いくつに見られているのだろう。

「で？　御用は何でしょう。あなたも他国への進軍をやめろと言いにきたの？　それとも私に憑いている悪霊を浄化しにきたの？」

「うっ……」

先回りして言われて言葉に詰まる。いや、御用はまさにその通りなんですが。面と向かって言えないじゃないの。

「え、えーと、私は実はこの世界の人間ではありません。違う世界で生まれ、お菓子を作る職人を目指していたのですが、縁あってこちらに来ました。こちらでもいろいろとお菓子を作らせていただいております。女王様は有名な美食家と聞きました。そこで、ぜひ珍しい異界のお菓子を召し上がっていただきたいと思いまして……」

我ながらものっすごい無理のある話だ。こんなものに女王が乗ってくれるとは思えない。

だが女王は興味を示した。素直なのか、それとも美食家の心をくすぐったのか。

「異界のお菓子？」

「はい」

そこでアメルさんがお菓子を差し出す。

ここまでは怖いくらいに順調。女王はダクワーズを食べてくれるかな。食べてくれたとして、おいしいと感じてくれるだろうか。心を動かして浄化できるだろうか。

ドキドキ、ドキドキ。緊張して鼓動が速くなり、膝がガクガクする。

でも、マルムラード女王はカゴを覗き込んで、伸ばしかけた手を止めた。そして一言。

「いらない」

ええー？　食べる前から拒否？　これは悪霊の仕業……ではなさそう。根拠はないけど、なんとなくわかる。これは女王の意志だと。

でも一応、一押ししてみる。

「お、おいしいですよ？」

「食べてみないと味はわからないと思うが？」

アメルさんも一緒になって言ってくれたけれど、女王はもうお菓子の方に目もくれない。

そして女王は言った。

「味がどうのと言う前に、私はそれを食べてみたいと思えない。華がないわ。相手が思わず食べてみたくなるような見た目も、おいしさを左右する立派な要素ではなくて？」

お、おおぅ！　痛いところを。ものすごく正論なだけに、ぐぅの音も出ない。確かにダクワーズは自分でも見た目が地味だとは思っていた。見た目もおいしさを左右する要素……まさにその通り。製菓学校でも何度も教えられた言葉だ。パティシエ風間の本にも書かれていた。

完敗だ。土俵に上がり、心を動かす以前の問題である。

自分の未熟さに悄然とする私に、女王は言う。

「でも異界のお菓子には興味があるわ。他の物を作れるかしら？」

興味があるということは、わずかなりとも希望が残っている?

「も、もちろんです……」

私の返事を聞いて、女王は美しい顔に冷たい笑みを浮かべ、ある条件を出した。

「そうね、では十日差し上げるわ。それまでなら何度でも付き合ってあげる。いくらでもご自慢のお菓子を持っていらっしゃい。もし私の食指が動くような素敵な物を作れたら、食べてあげましょう。そして私がおいしいと納得できたなら、浄化でもなんでも好きにすればいいわ」

これは首の皮一枚繋がったということなのだろうか。十日……それは長いのか短いのか。

「ただし……」

突然、体中の毛穴が粟立つような冷たいものを感じた。

姿形はそのまま、女王の声色が変わる。地の底から響くような、低い声に。

「十日の内にこの女王を納得させるだけの物が一度も作れなかった場合は、消えてもらうぞ、浄化の姫巫女。それまでは遊びに付き合ってやろう」

これは女王の声じゃない。闇の精霊王の声?

消えてもらうという内容よりも、声とともに襲ってくる言いようもない圧迫感に恐怖を覚えた。

怖い……本当に怖い。心の奥底から揺さぶられるみたいな恐怖。

私……こんなのに、勝てるの?

お城を出て思いきり深呼吸すると、体の力が抜けた。

「食べてももらえなかった……」

「美味いのにな」

アメルさんもがっかりしてる。一生懸命作業してくれたものね。

「浄化されまい、と闇の力が女王に食べることを拒否させたのだろうか？」

「ううん、そうじゃないと思う。本当に食べてみたいと思えなかったんですよ」

悪霊に憑かれていなくても、きっと女王は食べてくれなかっただろう。

何をおいしそうと思うかは、その人次第。例えばパン一つにしても、こんがりしっかりついた焦げ目をおいしそうと思う人もいれば、焼き目が薄い方がおいしそうと思う人もいる。豪華な見た目を好む人もいれば、飾り気のない素朴な物の方が好きな人もいる。

つまり、ダクワーズは女王の好みに合わなかったのだ。

「あー、でも怖いなんてものじゃなかったよね、あの悪霊の親玉」

「ああ……腹の底からゾクゾクした」

私やサレさんのように悪霊の状態では見えないらしいアメルさんでも、気配を感じたみたいだ。

あんなのに勝てる気がしない。

しょんぼりしつつ伯爵邸に帰る道で、しばらく黙っていたサレさんが明るい声で言った。

「まあ、まだ落ち込むには早いですわ。女王が完全に闇の力に呑み込まれていないことがわかりましたから。お菓子を食べてくれなかったのは残念ですが、より好みの激しい女王の自我が残っている証拠と思えませんか？　十日の猶予をくれたのが、その証拠でしょう。その間に女王にお菓子を食べてみたい、おいしいと思わせればいいのではなくて？」

「ぷぎゅぷぎゅ」

フィグちゃんも同調するように鳴いてる。そうだよね。前向きに考えなきゃね。

「それに、マルムラード女王においしいと言わせることができたら、浄化でもなんでも好きにしろと相手が言いましたもの。この際、難しいことは忘れて、あなたは今まで通り思うようにお菓子を作り、美食家の女王を唸らせることだけ考えればいいのですよ」

それを聞いて少しばかり気持ちが軽くなった。そうだよ。難しく考えちゃいけない。

ありがとう、サレさん！

そしてもう一つ、サレさんは追加で言った。

「もしおいしいと認められたら……きっとエミさんは元の世界に帰れますわ」

「え？」

「前にも言いましたわね？　使命を果たせば元の世界に戻れるのではないかと。浄化の姫巫女の使命は闇の精霊王を鎮め、浄化するなり封じ込めるなりすること。それはこの度は女王を納得させること。ですから、お菓子をおいしいと言わせれば、使命を果たしたことになるではありませんか」

「あ……」

そうか。そういうことか。

なぜお菓子を作ることしかできない私が、浄化の姫巫女などという肩書を背負っているのか。

強大な力を持った闇の力を鎮めて使命を果たせと言うけれど、どうすればいいのかという疑問が解けたような気がする。

帰れる。おいしいって思わせたら、帰れる！　おいしいお菓子を作ればいいんだ！

そう思ったら、俄然（がぜん）やる気が出てきたよ！

「よーし、私、頑張る。女王様においしいって言ってもらえるように頑張るよ。そして元の世界に帰る！　アメルさんも手伝ってくれるよね？」

突然振ったからか、アメルさんが酷く難しい顔になった。

「え、ああ。もちろん手伝うが……エミは帰りたいのか？」

「帰りたいに決まってるじゃないですか」

「……そうか……」

アメルさん？　なんか急に元気がなくなったように見えるけど、気のせい？

八　ムース・オ・ショコラ

　それから私は毎日二品以上違うお菓子を作り、お城に向かった。マカロン、カスタードシュークリーム、バタークリームでデコレーションしたケーキ、基本に立ち返って、クッキーやプリンまで。

　でもいつも帰ってくる言葉は一言。

「食べてみたいと思えない」

　一つだけ収穫があったとすれば、バタークリームで花のようにデコレーションしたケーキに、ほんの少し反応してくれたこと。女王はやはり見た目が豪華な物を好む傾向があるようだ。でも匂いを嗅(か)いで、やはり食べてくれなかった。

　女王に食べてもらえなかった物は、悪霊が憑(つ)いている町の人に食べてもらうことにした。サレさんの魔法による浄化とで、一定の成果をあげている。

　そんなこんなで噂はまたもクチコミで広がり、ここタンドール伯爵邸も、だんだんとバニーユのお城のように救いを求める人が集まるようになってしまった。迷惑をかけているのだけど、嫌な顔一つせず、むしろ喜んでくれている伯爵。本当にいい人だと思う。

　……女王陛下、こんなできた人はそうそういないよ？　婚約破棄なんてもったいない……まあ、悪霊の親玉の仕業(しわざ)なんだろうけど。女王を元に戻して、早く伯爵を安心させてあげたいと心底思う。

だけど、ちょっと行き詰まった感があるのは否(いな)めない。問題は大きく三つ。

まずファリーヌで困るのは、作れるお菓子が限られてくることだ。

農業大国バニーユのように材料に恵まれていないという問題もある。砂糖は豊富にあるし、ミルクや卵は、この王都ウフの外れにある牧場のおかげでなんとかなる。この世界でポピュラーな植物性のバターもあるけれど、品薄でバニーユの物と比べるとやや質が落ちる。その他の新鮮な果実やナッツなどは、戦争の影響もあってか市場(いちば)に並びにくく、入手が難しい。

次に困っているのが、ここファリーヌは気温がかなり高いこと。特にこの王都ウフの街は大陸の南端に位置し、年間を通じて温暖で、雪も氷も知らない人がほとんど。

バニーユの城の厨房(ちゅうぼう)には山から組み上げる氷水を用いた冷蔵庫があったけれど、ファリーヌには基本、冷蔵できる設備はない。できて水冷(すいれい)。広い国土を有していても、冬に雪が降る地域が限られていて、バニーユと同じ形式の冷蔵設備が使えないのだ。

室温以下に冷やすという作業ができないせいで、女王にもぬるいプリンを出したし、バタークリームはダレ気味だった。クッキーやサブレも、型抜きや絞(しぼ)り出しタイプはできても、凝(こ)った柄の細工物は作れない。

困っていたのだけど……なんと、本日四日目にして伯爵邸に冷蔵庫が届きました！

伯爵がこっそりある人に注文して、作らせてくれたらしい。しかもかなり既視感のある、金属製の箱に上下二段ドアのついた冷蔵庫。木の樽(たる)の水道だったり石のコンロの厨房(ちゅうぼう)で、一際異彩を放(はな)つ銀色に輝くフォルムは、元の世界の物みたい。ファリーヌ一の天才発明家の叡智(えいち)と技術の結晶だそう。

気になるのは、どうやって冷やすのか。冷水にも繋がっていないし、コンセントに繋ぐプラグもない。まあそもそも、この世界にはコンセントどころか電気もないが。魔法を使うの？

「ワシに不可能はないのじゃよ、嬢ちゃ……浄化の姫巫女様」

自信満々の言葉に振り返ると、そこには見たことのある人がいた。

町工場のゼンマイ人形のおじさんだ！　ファリーヌ一の天才発明家って、おじさんのことだったのか。そういえば伯爵と知り合いだって言ってたよね。

「この冷蔵庫は、上の段に氷を置くことによって冷やすんさね。冷気は下へ流れる性質があるので、下の段に置いた食品を冷やすことができるというわけだ」

町工場のおじさん兼天才発明家が、えっへんとものすごいドヤ顔で説明してくれた。なるほど、そういうの、小学校の理科で習ったことがある。そういえば日本にも昔、同じ仕組みの冷蔵庫があったね。博物館で見た。

でも中に入れておく氷はどうするんだろう？　それには伯爵が答えてくれた。

「バニーユの山の洞窟から切り出した氷を、急ぎの船で運んでこさせています。今日の午後にも届くでしょう。ご安心を」

ひゃあああ！　労力も時間も半端ない、気の遠いことを。もう申し訳なくなってきた。でも素朴な疑問がある。

「氷が途中で溶けてしまわないいんですか？」

船で来るならあの砂漠は通らないだろうが、それでも時間はかかると思う。その疑問に答えたのはおじさんだった。

「フフフ、そこがワシの発明のすごいところでな。この冷蔵庫にも使った金属の箱に入れれば、三日は氷が完全には溶けないという代物じゃ。重層式になっておって、中には空気が入って……」

再びのドヤ顔で長々と説明してくれたおじさん。長すぎて途中で聞くことを断念してしまったけど、要は魔法瓶か。なんかやっぱり、すごいよこの人！

まあ、そんなわけでお菓子を冷やす算段もつき、問題は一つ解決した。

……でも材料不足ともう一つの大きな問題は、まだ解消してないのだ。

「焦ってもいいことはありませんわよ」

「そうですよ。たまにはゆっくりして落ち着きましょう」

サレさんと伯爵にそう言われて、今日はお菓子作りとお城への日参をお休みすることにした。

冷蔵庫が届いたけど、材料が限られている中で、何を作れば女王が興味を示してくれるか思いつかなかった。それ以上に、もう一つ気になっていることがあるので、どうも集中できない。こんな調子では、どうせあまりいいできの物が作れそうにない、というのも理由だ。

実はここのところ、アメルさんのご機嫌が悪い。

お菓子作りも今までと同じように手伝ってはくれるし、お城にも一緒に来てくれる。町での浄化の際には、剣としての役目もきっちりこなしてくれている。それでも、どこか私にだけよそよそしいし、イライラしている雰囲気なのだ。目も合わせてくれない。

味見の時は、おいしいと言っても笑わないいし、用事が終わったらさっさとどこかに行っちゃうし……

まだ早い時間だけど、泊めてもらってるお部屋のベッドに寝転ぶ。

「私、何か、アメルさんの気に障ることしたかな？」

「ぷぎゅ、ぷぎゅ」

最近寝る時もずっと一緒のフィグちゃんが声を上げた。慰めてくれてるのかな？

「いい子だね、フィグちゃんは」

そう言ってフィグちゃんを撫でる。ついでにぷにぷに。ああ、なんて気持ちいいんだろうか。この手触りはホント癒やされる。気がつくと私は取り憑かれたようにゆる精霊さんを揉んでいた。

「ぷぎゅう、ぷ！」

フィグちゃんが短い手足をぱたぱたさせているのが、非常に可愛い。

「気持ちいいの？　じゃあこの辺は？」

もっとむにゅむにゅ揉んじゃうよ。おお、全身子猫の肉球みたいな手触りだけど、脇の辺りはさらに蕩けるよう！　と、そこで……

「……やめよ、くすぐったい」

「へ？」

ハッキリと言葉が聞こえた。けれど、辺りを見渡しても誰もいない。気のせいかな？　疲れてるんだよね、私。

　さて、もう少しフィグちゃんに癒やしてもらおう。もにゅもにゅもにゅもにゅ。

「くすぐったいと言っておろう！」

　ぼわん、と小さなゆる精霊の姿が消えたかと思うと、大きな誰かがベッドの横に現れた。

「まったく、我をなんだと思っておるのだ」

　ふん、と腕組みで呆れた顔をしているその人は、一見、背の高い綺麗な女の人かとも思ったけど声は渋い男声だ。飾り気のない引きずるほど長い衣、これまた長い長い薄緑の髪、濃い緑の瞳の透き通るような白い肌の美しい人。

　綺麗……って見惚れてる場合じゃないよ！　フィグちゃんはどこ？

「ほう、我の真の姿が見えるのか。さすがは浄化の姫巫女」

　真のって、ひょっとしてこの人……

「フィグちゃん？」

「そうだ」

「ええええぇ!?」

　なんかもう、頭真っ白で口をぱくぱくさせる私をよそに、その人……いや精霊は不機嫌そうに愚痴りはじめた。

「バニーユに帰り着くまでに幾多の悪霊と戦い、霊力を消耗して、あのような姿になっておった。しかし我は三百と数十年も生きてきた、由緒正しき風の精霊なのじゃぞ。フィグ『ちゃん』はやめてほしいものじゃ。あと、揉むな」

三百年って、ひょっとしなくてもおじいさん？　しゃべり方がまるっきりお年寄り口調。

ああ、そういえば！　伯爵に憑いていた夜の精霊も、霊力を失ってゆるキャラヒヨコみたいになった。あの時、サレさんが高位の精霊ほど人に近い姿だって言ってた。

それはともかく……私はこんなのを頭や肩に乗せたり、一緒に寝たりしてたのか――

「……え、えーと、契約魔法使い以外に、本当の姿は見せてはいけなかったんじゃ？」

いや、それ以前の問題なんだけどさ。

「おお、そうであった。見たことはサレには内緒じゃぞ」

しーっとやる仕草がちょっとカワイイ……くないよ。

ああ、そうだ。もう一つ思い出したぞ。

いつだったか、サレさんの部屋で男の人の声が聞こえたことがあった。難しい話をしてた声も口調もまさにコイツだ。旅に出ていたと言ってたのも、聖域でのことを調べにいっていたのなら、合点がいく。なるほど、伯爵に難しいことを話せたわけだ。

音もなくベッドに腰掛けた無駄に美しい精霊は、ぞんざいな口調で言う。

「何やら気になることがあるようじゃの？　聞くだけならば聞いてやってもいいぞ？」

そんなことより、もう一度ぷにぷにさせてくれたほうが余程癒やしになる……とは言わない。

「アメルさんの様子がおかしいのが気になって、お菓子作りに集中できないの」

言うだけならタダだし、と思い切って相談してみる。するとあっさり答えが返ってきた。

「簡単じゃ。あの男は迷っておるのじゃ」

「迷ってる？」

「ああ。もし闇の精霊王を見事浄化することができれば、そなたは異界に帰ってしまうかもしれん。帰れば、もう二度と会えなくなるであろう。それは寂しい。それゆえ、女王が菓子を口にするのを内心恐れておるのじゃ。だが、この世の混乱の元は、なんとしても倒さねばならん、という思いもある。約束の期日を過ぎれば、そなたを消すとも言っておった。それも阻止したい。そんな自分の中の相反する思いに迷い、悩んでおるのだ。まあ本人もそんな自分の気持ちに明確には気がついておらんから、余計にイライラするのであろう」

「寂しい……」

アメルさんがそんな風に思ってたなんて。

そういえば、初めて女王に会った日の帰り道、アメルさんは私に聞いた。

『エミは帰りたいのか？』

そして私は当たり前だと答えた。あれからだ、アメルさんがよそよそしくなったのは。

じゃあ、アメルさんは私に帰ってほしくないって思ってる？

……一度、ゆっくりアメルさんと話をしないとね。

「ありがとう、フィグちゃ……精霊さん」

「なんの。常に一緒におるからの。正直見ていて歯痒（はがゆ）いわ、おぬしらは。まだ青いのぅ」

やっぱりおじいさんだ、この精霊。何、この世話焼き仲人（なこうど）みたいな口調。

「お、時間切れじゃの」

またも突然、ぼわん、と緑の長髪の超絶美形は消える。そこには頭でっかち二頭身で、無駄にかわいいゆるい生き物が現れた。

「むむぅ、やっと人語で話せるまで霊力が回復したぷぎゅが、まだ身は保てぬぷぎゅ」

……その人語すらも怪しくなってるよ。語尾、ぷぎゅって言ってるじゃん。

「ではもう少し、浄化の姫巫女の霊力をば、ぷぎゅぅ」

そう言って、またよちよちと私を上りはじめたゆる精霊。ちょい待てぃ！

見た目はコレでも、本当は超絶美しくても、三百歳超えのおじいさんだよ？

ひょい、とゆる精霊を摘み上げる。手足をぱたぱたさせたが、構わない。

「相談に乗ってくれたのは感謝する。でも今日から契約者のサレさんかアメルさんの方で寝てね。もう私の肩に乗るのも禁止」

「ぷぎゅっ!?」

何を驚いてるのよ。当たり前でしょ！

ああ……さらば、私の癒やしタイム。でもありがとうね、アメルさんの気持ちを教えてくれて。

冷蔵庫が届いた次の日の朝、思いもよらぬ人たちがタンドール伯爵邸にやってきた。馬の足音がたくさん聞こえたのが気になって、外に出てみると……

「エミちゃーん！　隊長！」

一番乗りした馬から飛び降りて私たちのもとに駆け寄ってきたのは、ミエル君だった。

その後ろにも何騎も馬が。馬に乗っている人たちは手を振っている。

「ミエル君！　イビス隊の皆さんも、どうして？」

そう。バニーユのお城で別れてきた、王立騎士団のアメルさんの隊の皆さんだ。

「なぜ来た？　留守中、城を守れと言ってあったのに」

予想外の来訪に、アメルさんは厳しいお言葉。だけどなんとなく嬉しそう。

「王様と王妃様が、エミちゃんがファリーヌでお菓子を作るのに、もし材料がなかったら大変だから、持っていってくれって」

そう言ってちょっとむくれたアメル君が指さした先には、二頭だての馬が引く荷車。そこにはたくさんのカゴや木箱、袋が積まれている。

中身は卵やバター、粉に、生の果物やドライフルーツの数々。ペラやミーラ豆なんかのナッツ類もある。大きなたらいの中の瓶に入っているのは、ミルクらしい。

「わぁ、すごく嬉しい！」

ああ、バニーユの王様、王妃様！　材料に困っていたので、神様に思えます。

「城の料理長が見立てた最高の材料ばかりだよ。農家や市場の人たちが提供してくれたんだ。新鮮なうちに届けたいから、大急ぎで持ってきた。卵や乳は昨日採れたばかりだし、たらいの中で氷で冷やして持ってきたから、大丈夫だと思うよ」

すごく急いで来てくれたんだ。私たちは三日かけて砂漠を渡ったと言うのに。嬉しいのと申し訳ないので、涙が出そうになった。

「ありがとう、ミエル君」

思わず手を握(にぎ)ると……

「……えへ、へ……」

えっ⁉　いきなりミエル君の顔が近づいて、思いきり身を預けてきた。アメルさんより細身で小柄だとはいえ重い。私は支えきれず、尻もちをついて倒れてしまった。

これって、まさか押し倒されてる状態？　ええー？　それはいくらなんでも！

ん？　でもなんだか様子がおかしい。ミエル君はくたっとして動かない。

「ミエル君？」

呼びかけに返ってきたのは、ぐぅ、といういびき。

「寝てる……」

「夜も休まず、馬を走らせてきたんだろう。疲れたんだな」

そう言って、アメルさんは私の上からミエル君を引き離してくれた。乱暴にずるずる引きずって行ったけど、大丈夫かな？　それでも起きないミエル君は、相当お疲れだった様子。

材料が届いて本当に嬉しい。そして懐(なつ)かしい顔を見たからか、アメルさんの機嫌が少し戻ったようでホッとした。

その約三時間後。いい素材も揃ったし、さて何を作れば女王に食べてもらえるだろうか、と考えていた時。

「うわあぁ！」

バニーユから運ばれてきた荷物の方で悲鳴が聞こえた。慌てて駆けつけると、先ほどまで死んだようにぐっすり眠ってたミエル君だった。起きたんだね。

「どうしたの？」

「大変だ！　バニーユから運んできた乳が、悪くなってる！」

「ええ？」

目が覚めてすぐに中身が無事か確かめるために蓋を取ってみたら、悪くなっていたという。

念のため、私もミルクの瓶を覗き込んでみる。

「せっかく冷やして大急ぎで持ってきたのになぁ……」

ミエル君はがっかりしているけれど、ミルクからは腐敗臭も発酵した匂いもしない。新鮮なミルクのいい香り。表面には、黄色みがかったふわふわした物が浮いている。これを見てミエル君は驚いたのだろうけど、これは……

「全然傷んでないよ？　バニーユのミルクは濃いから、馬の荷台で揺られて、少し脂肪分が分離しただけじゃないかな。油は軽いから上に浮くの」

「悪くなってるんじゃないの？」

「うん。こうなるってことは、濃くておいしい証拠。まぜちゃってもいいし、気になるなら掬えば問題ないよ」

ちなみに、これをさらに分離させて水分を抜くと、バターになるんだよ。……って、ちょっと

待った。ミルクの上に浮いた乳脂肪を多く含んだ層。それってつまり――

「生クリームだ！」

「え？」

「ミエル君、ありがとう！　すごいよ、ものすごい宝物だよ、これ！」

生クリームがあれば、味のいい生地やおいしいクリームが作れる……ああ、夢が広がる！

あの女王様に食べてみたいと思わせることができるかも！

思わずアメル君の手を握って踊ってしまった。くるくるくる。ホイホイっと。

「エミちゃん、ち、ちょっと？　隊長が向こうで睨んでるしっ。殺されるぅ！」

構うもんかと踊り続ける。何かきっかけを掴めたような気がしていた。

こうしてバニーユから届いた素材の副産物として得られた、ほんのわずかな生クリーム。

女王に出すお菓子には使えそうにない量だけど、せっかくだから何かに使いたい。そう、もう一つ残ってる、大きな問題を解決するために。

私は一人厨房にこもったのだった。


数時間後。私がやっと厨房から出た時、アメルさんは伯爵邸の中庭で、騎士団の人たちと剣の素振りをしていた。お邪魔かなと思いつつ、声をかける。

「アメルさん、ちょっといい？」

いつにも増して難しい顔の騎士様は、それでも一緒に厨房に来てくれた。

「なんだ？」

「これ、食べてみて」

冷蔵庫から取り出した、陶器の杯(さかずき)に盛った茶色のお菓子とスプーンを差し出す。

「味見か？　別に俺でなくとも……」

あ、やっぱりまだ素っ気ないね。だけど――

「他の人では駄目なんです。アメルさんじゃなきゃ」

強引だろうが我儘(わがまま)だろうが、ここは絶対に引かない。そんな気迫が通じたのか、アメルさんはスプーンと器(うつわ)を受け取った。

「……わかった」

ふんわりしてるのに、プリンほど柔らかくないむっちりした弾力が、かすかに匙(さじ)を押し戻す。それを掬(すく)い取り、アメルさんは口に運んだ。

「これは……！」

あ、久しぶりに『カッ！』っと目を見開くアメルさん。

「プリンとも違う、今まで食べたこともない食感。ぽってりしているのにふわりと溶ける。濃厚なコクと、例のチョコレートという物と同じ、甘くもありほのかに苦い後味がなんともいい」

詳細な評論もいただいた。

アメルさんに食べてもらったのはムース・オ・ショコラ。チョコレートのムースだ。

ムースはふんわりした口溶けの、火を使わないお菓子。今回はコクを出すために八分立ての生クリームをメレンゲと合わせた。

本来ムース・オ・ショコラは、ビターチョコレートを溶かして作る。今回はかわりに、超深煎りにローストしたミーラの豆を、乳鉢で細かく挽いて、ほんの少量のバターを加えて練ってみた。味は溶かしたチョコレートに限りなく近づいたと思う。また、おかげさまで冷蔵庫も絶好調で、ムースはほどよくひんやり固まっている。

アメルさんはもう一口食べた。ほんの少しだけ口元が緩んでいる。

でも目が合うと、やっぱり逸らされた。

「どうですか？　気に入りましたか？」

「ああ、これなら女王もきっと……」

悪いが最後まで言わせなかった。

「違います。これは女王においしいって言わせようとか、悪霊の親玉をなんとかするために作ったんじゃない。アメルさんのためだけに作ったんです」

「俺のため？」

心底意外そうな顔をするアメリさん。でも本当だよ。

「はい。これを作ってる時すごく楽しかったです。最近は、どうしたら女王に食べてもらえるかということばかり考えながら、緊張してお菓子を作っていました。でもアメルさんだけに食べてもらうんだ、これを食べたら笑ってくれるかなって思って作ったら、楽しかったです」

上手く言えないものの、これで少しは通じるかな。あの精霊じいさんに、『ハッキリ言わんか！』ってまた叱られるかな。

「知ってますか？　アメルさんはいつも難しい顔をしてるけど、甘い物を食べた時はすごく優しい顔で笑うんです。私ね、その顔が好き。正直に言うと、今まで悪霊を浄化することよりも、アメルさんの笑顔を見たくて、いろんなお菓子を作ってきたんです」

「エミ……」

やっとアメルさんが私の方をまっすぐ見た。でもまだしゃべらせてもらうね。

「浄化の姫巫女だってみんなに持ち上げられても、実際の私は立派な人間じゃない。それに私は、この世界の人間ではありません。生まれ育ったところに帰りたい。使命を果たそうとするのも、そんな自分の都合のためです。それでも、この世界の人の役に立てるのは嬉しいし、今度のは絶対に頑張らなきゃいけないってわかってます。最高の一品を作って、女王に食べたいって思わせて、おいしいって言わせなきゃ。悪霊にも勝たなきゃ。でもね、やっぱり全部背負うのは無理です。迷うし、悩むし……怖い。アメルさんがいないと駄目なんです」

ふぅ、と息をつく。私が言いたいことは全部正直に言ったよ。

今度はアメルさんの番だった。

「俺は……女王を納得させ、悪霊を鎮めなくてはいけないことはよくわかっている。だが、お前が帰らなくて済むなら、失敗すればいいと少し思っていて……そんな自分に愕然とした。失敗すれば大変なことになるのに……」

やっぱり伊達に長く生きてないね、精霊さん。本当だったよ。懺悔大会になっちゃったけど、やっぱり内に秘めて悶々とするよりは、吐き出しちゃったほうがスッキリするよね。

「自分に正直なのはいいことかもな」

そう言って真っ直ぐに私を見てくれたアメルさんの目には、力強い光が宿っていた。

「……もう迷わない。俺は全身全霊をかけてお前を手伝う。必ず、悪霊に勝とう」

器に残っていた最後の一匙のムースを、アメルさんは口に入れた。

「美味いな、本当に……」

そう言ってアメルさんは微笑んだ。私が一番見たかった笑顔で。

ムース・オ・ショコラは、チョコレートさえおいしければ『失敗しようがない』と言われるお菓子。縁起を担いだわけじゃないけど、この先がそうだといいね。

さあ、これで気になっていたことは解決した。

期限まで残り時間はあとわずか。もう期日の半分を切っていた。

九　ミルフィーユ・オ・フレーズ

女王の示した期限まであと三日。

バニーユからいい材料が届き、アメルさんのご機嫌も戻った。そろそろ本気で、これという一品を決めなくてはいけない。

昨夜、厨房から寝泊まりに借りている部屋へ帰る途中の廊下で、伯爵とこの国の政治家らしき人との会話が耳に入ってしまった。

ファリーヌの支配下に置かれていた小国が蜂起して、バニーユとも近い国境付近で大規模な戦闘が起きているという。下手をすればバニーユにも戦禍がおよぶ位置で、もしもバニーユが兵を挙げたら、世界規模の戦乱になることは必至だそうだ。

私は慌てて、アメルさんとサレさんに伝えると、意外にもあっさりした答えが返ってきた。

「バニーユは軽率な挙兵などしない。その辺は王やカネル兄上を信じていい」

「そうですわ。気にせず、エミさんは女王をなんとかすることだけ考えてください」

サレさんとアメルさん曰く、バニーユの今の王様は歴代の王の中でも稀に見る名君なのだとか。

カネル王子も、大局を客観的に分析できて外交を最も得意とされているらしい。

餅は餅屋、国同士のことは専門家にお任せしておき、こちらはこちらで早々にマルムラード女王のために作るお菓子を決めて動かねば。しかし私の神、パティシエ風間のレシピ本……聖なる経典をパラパラめくってみても、これという一つを決めかねている。

だから、昨日ひそかに決めたことを実行する時！

二人きりで話があるとアメルさんを誘い、伯爵邸の中庭に出る。

まだ朝早くて涼しい中庭のベンチにかけて、大事なレシピ本を差し出すと、アメルさんはざざーっと音が立ちそうな勢いで後ずさった。

「この中でアメルさんなら、どれを一番食べてみたいですか？」

「せ、聖なる経典の中を見ていいのか？　神罰が下ったり目を焼かれたりしないだろうな？」

神罰……！　アメルさんの反応が面白すぎて、思わず噴き出してしまった。

今までこの本をそんな風に思ってたんだと思うと、滅茶苦茶おかしい。しかも真顔で言うし。

「大丈夫ですよ。言ったでしょ、これは私にとっては大事な物でもただの本。書いた人だって神様じゃなく人間です。ねぇ、一緒に見ましょうよ。何を作るか選んでください」

私は決めた。それはアメルさんがどんなに難しいお菓子を選ぼうと、絶対にそれを作ろうと。

ムース・オ・ショコラを作りながら決めていた。

最後に作る一品を選んでほしいのは、アメルさんだから。

改めて、二人で身を寄せ合って本を見る。

表紙は鉛筆で描かれたラフなデッサン画と手書きの文字のタイトル。『笑顔のルセット』。

素敵な表紙を捲ると、タイルのキッチンに無造作に置かれた泡立て器の写真。

泡立て器はいつも見てる……というより、もはや最近は剣よりも持ってる時間が長いかもしれないアメルさんが、その写真に反応した。

「絵なのにまるで本物だな。手を伸ばせば掴めそうだ」

「写真と言って、実物の姿をそのまま写しとった物。だから、ある意味本物です」

「すごいのだな……」

ページをゆっくりと捲るアメルさんの手。

洗練された器と花などが添えられたテーブルセットの中で、宝石のごとく輝くお菓子の数々。そんな写真はアメルさんの心を捉えたみたい。食い入るように見ている。

「エミの世界にはこんなに美しい花が咲いているのか？」

アメルさんが指さしたのは、透かし模様の花器に盛られ、リボンで飾られたピンクの薔薇の花。艶やかな光沢の花弁は、宝石を薄く削って作ったような透明感。くるくると繊細なアーチを描くリボンも絶妙のバランスで花を彩っている。花弁についた水滴は瑞々しく、摘んできたばかりの花みたい。綺麗よね、本当に。

だけど本物の花じゃない。

「これはお菓子なんですよ。花も葉っぱも、この花瓶やリボンまで全部食べられます」

食用の材料のみで作られているので食べることもできるが、一般的にはディスプレイとして楽しまれる芸術作品だ。こういう装飾菓子をピエスモンテと言う。

この本の著者のパティシエは、シュクル・ティレと呼ばれる引き飴細工が得意で、この高い技術で国際コンクールでも注目されていたのだ。これも私の憧れのワケの一つ。

「なんと……！」

すごく驚いてるね、アメルさん。実物を見たら、もっと驚くだろうね。

ふいに、マルムラード女王の言葉を思い出した。

『見た目も、おいしさを左右する立派な要素』

まさにそうだ。まず食べてもらえないと、いくらおいしい物でも心を動かしようがない。

味の推測すらつかない初めて見る物は特にそうだ。逆に飴細工で作られた美しいピエスモンテは、味は甘いだけだとしても、見るだけで人の心を動かす。……奥が深いよね、お菓子って。

感嘆のため息まじりにページを捲るアメルさん。知っているお菓子を見つけて、少し嬉しそうな顔になる。

「ああ、これは知ってる」

「フロランタン、市場のカフェで作りましたね。本当はもっとおいしいんですよ」

それから、シフォンケーキやタルト・タタンも見つけては、作った時の話に花を咲かせる。

「これはプリン？」

次にアメルさんが指さしたページには、ココット皿に入ったお菓子。確かにプリンと似ている。

「これはクレーム・ブリュレ。見た目も味も作り方も似てるけど、卵黄しか使わないから、プリンよりもねっとり濃い感じ？　表面はお砂糖を焦がして、薄い飴状にキャラメリゼします。それが香ばしくて、スプーンでぱりっと割る瞬間が最高です」

「へぇ、説明だけでも美味そうだ」

この世界で私が初めて作ったのは、プリン……クレーム・ド・カラメルだ。

アメルさんが卵を割ってくれた。弱ってたカネル王子も、プリンを食べて元気になってくれた。

あれが本当の始まりだったかもしれない。

次はアメルさんにブリュレも作ってあげたいな……そう思っている自分に気がついて、私はハッとして微妙な気分になった。……次があっては、いけないのに。

こうしてあらためて二人で振り返ると、この世界に来てからの二ヶ月弱で、結構いろいろな物を作った。まだそれほど経ってないのに、忘れていたことがたくさんある。一つ一つのお菓子それぞれに、大事な思い出が詰まっている。

それからしばらく、アメルさんは何度も最初から最後まで、本のページを行ったり来たり。アメルさんもこれという答えが出せないでいるみたい。

たくさん悩んだ末に、アメルさんはあるページで手を止めた。

「どれも甲乙つけがたく美味そうだが、俺はこれが一番気になる。美しいだけでなく、なぜかとても心惹かれる」

アメルさんが指し示したページのお菓子。

それは——何層にも重ねられたパイ。その間に挟まれているのは、半分に切った苺とカスタード仕立てのクリーム。最上部は真っ白のシャンティイ——砂糖の入ったホイップクリームでたっぷりと飾られ、その純白の中でキラキラと宝石のように輝く真っ赤な苺たち。

ミルフィーユ・オ・フレーズ。苺のミルフィーユ。

偶然なのだろうか。それとも運命の導きなのだろうか。

他にもたくさん目を引くお菓子が載っているというのに、アメルさんがこれが一番気になる、心惹かれると言ったのは……

私はこれを選ぶことを、無意識のうちに避けていたのかもしれない。私の技術的にも材料の面でも難しいというのもある。それ以上に、もしこれを女王に拒否されたら、傷つきそうで怖い、という思いがあった。

ミルフィーユ・オ・フレーズは、私にとって一番特別なお菓子。今の私の始まりのお菓子。

「これはどんな菓子なんだろう？」

「これは……」

今まですらすらと説明していたのに、思わず言葉に詰まった。

「作るのは難しいですが、おいしいですよ。とても……」

歯切れの悪いありきたりな説明に、アメルさんは不思議そうに私の顔を覗き込んだ。いつもの無愛想な顔のまま、まっすぐに私の目を見ている。

「どうした？」

この人になら話してもいい。そう思えた。

アメルさんがこれを選ぶのだとしたら、話しておいたほうがいい。

「このお菓子、ミルフィーユ・オ・フレーズは私にとって特別なんです」

「特別？」

「これは、私の命の恩人……です。これに出会えていなかったら私は今、生きていない」

「え？」

「前に話しましたよね、家族を乗り物の事故で亡くしたって。その後、私は生きていることが苦痛で仕方なかったんです――」

私はアメルさんにすべてを語った。このお菓子にまつわる私の話を。今までの私のすべてを。

――大好きだった父と母。年の離れた妹は生意気だけどホントに可愛かった。私の大事な家族。そんな大事な人たちは、事故でこの世からいなくなった。私だけが生き残って、寂しくて、申し訳なくて……涙さえも出なかった。人って本当に悲しすぎると、涙も出ないんだなってわかった。

家族の思い出が詰まった家に一人で住むのはつらい。だから親戚のおじさんに管理をお願いして、四十九日を過ぎたら、私は狭いワンルームのマンションに移った。

誰とも会わず、話さず、学校にも行かず。ただ引きこもっていただけの日々。

「みんなと同じところに行けると思ったら、死にたかった。そのくせ死ぬ勇気はなくて。何もしたくない、何も食べたくない……悪霊に憑かれた時にカネル王子が言ったように、もう疲れたからどうでもいいとしか思えなくて。そんな時、学校の同級生たちが私に買ってきてくれたのが、このお菓子だったんです」

ほとんど何も食べてなかったし、食べても気持ち悪くなって吐く日々。痩せ細ってギリギリの状態だった。見かねた同級生は、大好きだったお菓子なら私が食べるかもしれないと、本場フランスの味が評判のパティシエ風間の店に行き、何時間も並んでこの苺のミルフィーユを買ってきてくれたのだ。

「一口でいいから食べてみろって、半ば強引に食べさせられたんです。そしたらね、吐き気がするどころか、途端に頬が緩むのがわかった。もう二度と笑うことなんかないって思ってた自分が、笑ってた。次に涙が止まらなくなった。おいしい、本当においしいって思った。大きな大きな石を背負ってたのが、急になくなったみたいに、すっと気持ちが軽くなったんです。きっと悪霊に憑かれてた人が浄化された瞬間って、そんな感じだと思います」

私の話を、アメルさんはただ黙って聞いている。

「そして、私もこんなお菓子を作れる人になりたいって思いました。両親も妹も、私が作るお菓子をいつも嬉しそうに食べてくれた。子供の頃、将来はケーキ屋さんになりたいって言ったら、私が夢を叶えることが自分たちにとっても夢だよって両親が言ってくれたのを、思い出しました。その夢だけでも、生きてる私が叶えてあげなきゃって……」

だから私は今生きている。自分の夢を叶えるために、逝ってしまった家族の夢をほんの少しでも叶えるために、生きようと思えたのだ。

私の長い話を聞き終えて、アメルさんがぽつりと言う。

「やはり神だな……この菓子を作った職人は。エミを救ってくれたのだから」

「そうかもしれませんね」

私はそんな神様に会える実演会に行けなかった。それが今でも心残り。でもそれで正解だったのかもしれない。かわりにアメルさんに会えたのだから。

「これはなんと書いてある？」

しばらく写真を眺め、アメルさんはミルフィーユの写真の横に一言添えられている文字を指さして尋ねた。

「『薄い薄いフィユタージュを何層も重ねるのは、人の優しさを重ねることと同じ』と書いてあります。フィユタージュはパイ生地。このお菓子に使われている、薄い何層にもなった生地のことです」

この本の人気の理由の一つは、こうしてお菓子に優しくて美しい一言が添えられていること。

私もこの本の言葉に何度救われ、癒やされ、励まされただろうか。前に風で開いたページは『笑顔は最高のエピス』。あの言葉で、私はいつまでも暗い顔をしていてはいけないと思えた。明るい気持ちで作れば、おいしい物が作れるんだって前向きになれた。

その他にもたくさんの言葉で、私は励まされてきた。それらの言葉からはパティシエ風間の優しい人となりが想像できて、より一層憧れの思いが募ったのだ。

今ならわかる。この本が聖なる経典となったわけが。

アメルさんも言ったように、この本を書いた人が私にとっての神ならば、神の紡ぐ言葉は聖なる言葉。そして私は今、巫女と呼ばれている。巫女は神の神聖な言葉を顕現して見せねばならない。

「人の優しさを……いい言葉だな」

慈しむようにアメルさんの指が写真のミルフィーユをなぞる。そして彼は言った。

「これを作ってみないか？　エミの心を動かせた菓子なら、あのマルムラード女王の心も動かせるんじゃないだろうか」

こうして最後の一品は決まった。

私にとって特別なお菓子は、女王にとっても特別なお菓子に成り得るのだろうか。

本当は怖い。この特別なお菓子でさえ、食べる前に拒否されたらと思うと、自分自身の今までのすべてを否定されるような気がするから。きっと私は立ち直れない。

それに、私のメンタル面以前に、苺のミルフィーユを作るにあたっていろいろと問題がある。

まずはクリーム。カスタードだけでもおいしいと思うし、バタークリームでも充分いける。けれどできれば、生クリームを使いたい。

次に生地。私はパイ生地作りがあまり得意ではない。そちらはなんとか頑張るとしても、だ――

「一番の問題は、この世界に苺がないことですよね。季節柄もあるのかもしれないけど、バニーユでもこのファリーヌの市場でも似た物すら見かけなかったですし」

そう、味の主役とも言うべき材料がないという高いハードルを、クリアしないといけない。

だが、アメルさんから思いがけない答えが返ってきた。

「あるぞ」

「え？」

今、なんと？

「野生の物なら、よく似た草の実は年中ある。果皮が薄く傷みやすく量が少ないから流通に乗らないだけで、農民や山仕事の者は、自生しているのをよく摘みに行く。俺も食したことがあるが、甘酸っぱく非常に美味な実だ。おそらくこの写真の物とほぼ同じ物だと思う」

あるんだ、苺。年中あるというのが、日本の苺と違う。味にうるさいアメルさんが非常に美味だと言うなら、まったく問題ないよね。案外ハードルは低かった？

「じゃあ、野生の物を採りに行けばいいんですね」

行ける！　そう思ったものの、やはりそう簡単な話でもなかった。アメルさんの説明はまだあったのだ。

「ただ、寒冷地を好む植物だから、この近くにはないと思う。ファリーヌの北の方なら探せばあるかもしれないが、探す時間がない。確実にあるのがわかっているのは、少し遠いところだ。エミと最初に出会った森に群生している場所があった。花が咲いているのを見つけたから確かだ」

「そんなところに……」

あの森は狼に似た怖い獣がいて、危ない場所じゃない！　それ以前に遠すぎる。また砂漠を越えなきゃならない。

それに、あの場所に行くには、戦争をやっているという国境付近を通らないといけないんじゃないの？　最初に聞いた時に、アメルさんたちの隊はファリーヌとの国境付近を哨戒に行って、その帰りに私を見つけたと言ってたもの。

やる気になって燃えてた心が、一気に冷えていく気がした。

なのに、アメルさんは妙に明るい表情で言う。

「安心しろ。俺が一人で採りに行ってくるから」

その言葉に胸が苦しくなった。

たかが苺のために命の危険すらあるところに行くなんて、安心できるわけないじゃない！

やっぱり駄目だ。苺は諦めたほうがいい。

「無理しないほうがいいです。ほら、苺を他の物で代用しても、なんとかなるかも」

「特別な菓子だろう？　いいのか？　ここで妥協してしまって。でき得る限りのことはすべてやったほうがいい。あるとわかっているのに使わない手はない」

私だって、特別なお菓子を作るのに妥協はしたくない。だけど……

それに、いつもは不機嫌そうな顔をしているくせに、こんな時だけアメルさんが妙に明るい顔なのがものすごく気になるのだ。嫌な予感しかしない。

「でも遠いですよ。間に合わないかもしれないし、何より……」

「ミエルたちはたった一日で、荷物を持ってバニーユからファリーヌに来れたんだ。それよりはかなり近いし、身軽だ。なに、まだ三日ある。往復の時間を考えても、すぐに発(た)てば間に合う」

「時間よりも場所が問題なんです！」

そう言った私に、アメルさんは笑顔を見せた。

「ああ、戦場の近くを通らねばならんことか？　危険なのは承知している」

危険は承知してるという言葉と、その笑顔が噛(か)み合わなくて、胸がざわざわする。

安心させようって思ってる？　逆に不安になるよ。

「……私も一緒に行きます」

そう言うと、アメルさんの笑顔は消えて眉間の皺が復活した。

「お前まで行ってどうする。危険だと言っただろう」

「だからですよ！　アメルさん一人を危ないところに行かせるなんて、できるわけないじゃないですか。私は……」

昂ぶりすぎた思いで言葉に詰まる。かわりに、大きな大きな体にしがみついた。

「アメルさんと一時も離れたくない」

「エミ……」

「もう嫌なんです。大事な人が私だけを置いていくのは……一人残されるのは」

我儘な言い分だってわかってる。

一緒に行ったところで、足手まといにしかならないのは重々承知だ。そうすれば、余計にアメルさんを危険な目に遭わせることになるかもしれない。そんなのは絶対に嫌。

だけど、私はあの気持ちを味わうのはもう二度と嫌なのだ。自分だけが生きていることを呪いたくなるあの寂しさ、悲しさ、後悔。

私はこの人が好きだ。自分でも驚くぐらい好き。好きな分、もしも何かあった時はとてつもなくつらいだろう。それだったら、危険でも一緒にいたい。

ふわりと温かいものが私を包み、視界が完全に塞がった。アメルさんの大きな体に、すっぽりと抱きしめられたからだ。

「俺もお前が大事だ。だから危険な目には遭わせたくないんだ。わかってくれ」

「でも……でもっ！」

男っぽい匂いと、逞しい腕。温かくて、ホッとして。誰も知る人のいないこの世界に放り出されてすぐから、ずっと私を守ってくれた腕。

「期日までに女王を納得させないとお前の命が危ない。正直に言うと、俺は闇の精霊王相手にお前を守りきる自信がない。だが、もし果実を採ってこられて、特別な一品を完成させることができるなら、女王を浄化することも可能だろう。それならば俺にでも力を尽くすことができる。だから信じて待っていてくれ」

「アメルさん……」

アメルさんの決意は固い。これ以上止めても無駄だろう。信じて待つほかないのだろうか。

「絶対に無事に帰ってくる？」

「ああ」

アメルさんが私を離してベンチから立ち上がった。

一緒に本を見ている間、横に立てかけてあったいつも携帯している剣。アメルさんがそれを手に取る。

そして私の目の前で地面に片膝をつき、鞘に収めたままの剣を両手で目の前に掲げた。

この仕草は知ってる。王様に浄化の姫巫女の剣となることを命じられた時に見た、騎士の誓いのポーズだ。

「……王の前で、命懸けでもお前を守ると誓った。あらためて、今度はお前に誓う。俺はただ危険から身を守るだけでなく、その心までも守る騎士になろう。お前にはずっと明るく笑っていてほしい。残される者のつらい思いを絶対にさせはしない」

心までも守る。その言葉は酷く重さを持って、私の胸を打った。

騎士の誓いは絶対。

「必ず帰る」

私は信じる。この人が好きだから。

「お願い、気をつけて……」

もう私にはそれしか言えなかった。

「期日に間に合うよう、絶対に帰ってくる。その間、手伝えないが頼むぞ」

そう言い残し、アメルさんは騎士団にもサレさんにも内緒で、一人伯爵邸を出ていった。

――アメルさんが出かけた翌日。

「ぷぎゅ、ぷ……っくしょっ！」

心配してるんだろうけど、もう少し離れないと粉まみれだよ、ゆる精霊さん。くしゃみで粉が飛び散っちゃう。

「こらこら、フィグちゃ……さん、サレさんの邪魔をしない」

只今厨房の端では、サレさんがふるいを手に奮闘中。

お疲れなんだからゆっくりしていてくださいと言ったのに、アメルさんがいない助手の穴は私が埋める！　と、張り切ってお手伝いにきてくれたのだ。

サレさんには、生地に使う粉をふるいにかけてもらっている。いくら不器用でお料理センスが壊滅的だとしても、粉ふるいくらいはできると思ったけど、甘かった。手つきが危なっかしい。しかも、粉が飛び散ってるね……

「ぷぎしょっ、くしょっ」

「うふふ、雪を降らせているようで楽しいですわ。風の魔法使いですが、氷の魔法使いになったような気分になりますわね」

サレさんが楽しそうで何よりだ。フィグさんはお気の毒でもね。

「でもこんなことでお役に立ってますの？」

「もちろんですよ。いい生地を作るために一番大事な仕事です。上手で助かります！」

思いきりよいしょしておこう。褒めたら伸びるタイプかもしれない。

あーあ、粉のついた手で顔を触っちゃったのかな。頬と額に白い跡がついてしまってる。本当のお年は知らないけど、なんだかんだで可愛い人だよね、サレさん。私もこんな女の人になりたいなって思う。

サレさんは、今はこうしてニコニコして楽しそうにしているけれど、昨日の夜まではかなり疲労困憊でご機嫌ナナメだった――

「……どうするんですの、この精霊たち……」

大きいの、小さいの、獣みたいなの。たくさんの精霊たちに囲まれて、サレさんは困り果てていた。

アメルさんの帰りを待つ間、サレさんと私で手分けして、悪霊に憑かれて困っているファリーヌの人をなんとかしようと動くことにした。

焼き菓子とサレさんの魔法で、悪霊化していたものを精霊に戻した。憑かれていた人たちは元気を取り戻し、大変喜んでくれたのはいいのだが……

「まったくもう！　せめて聖剣を置いて行ってくだされればよかったのに！」

サレさんはもうキレる寸前。

そう。『剣』であるアメルさんがいないので、中途半端に闇を抱えたままの精霊が大量に出現する結果となってしまったのだ。人からは離れたし、基本は無邪気な精霊たちなので当面害はない。しかし戦争による負の感情が渦巻く国にこのまま放っておけば、いつまた悪霊になってしまうかもわからない。

「いやぁ、あの剣がないとアメルさんも困るだろうし。第一、他の人にもあれって使えるものなんですか？」

素朴な疑問を投げかけると、サレさんは面白くなさそうに答える。

「無理でしょうね」

アメルさんの剣を聖剣にするのはわりと簡単だったので、イマイチ特別感はなかったけど、すごいことだったのか。でもそれじゃあ、置いていっても意味がないよね。

ちなみに他の人の剣にも同じ効果が持たせられないか、試しにミエル君の剣にも触れてみたけれど、駄目だった。剣がどうのと言うよりは、それを振るう人の方が問題なのだろう。そういう意味で、アメルさんもまた選ばれた特別な存在だったのだ。

「手元にあっても使えなきゃ意味がないですよね」

「……わかっておりますけど、つい愚痴ってみたくなったんですわ」

サレさんの気持ちはわからなくもない。アメルさんが一人で危険な場所へ苺を採りに行ったことに関しては、当初何も言わなかったサレさんも、こうなっては愚痴の一つもこぼしたくなるというものだ。

実は、アメルさんの聖剣で斬る以外にも、精霊の再悪霊化を防ぐ方法があるらしい。

精霊と話をして、いかにして悪霊になったのかの話を聞いてあげる。さらに、助言をして気持ちを晴れやかにしてやれば、すぐにまた闇に呑まれることはないそうで……

というわけで、『魔法使いサレによる精霊お悩み相談』が始まってしまった。

精霊たちの間にもクチコミみたいなのがあって、先に話を聞いてもらってスッキリした精霊が、他の精霊たちに『お前も行ってこいよ』と教える。そのせいで、サレさんはわらわら集まってきた精霊たちに囲まれて、行列のできるナントカ……みたいになってしまったのだ。もちろん私も手伝ったが、サレさんほど詳しくないのであまりお役に立てず、大半はサレさんが処理してくれた。

晴れやかに精霊たちが去っていった後、サレさんはぐったりして寝込みそうだった。

「……疲れました……アメル様を恨みます」

でも、おかげで町の人も精霊も少しは助かり、私もアメルさんがいない寂しさと心配を少しは忘れることができた。

悪霊化した精霊が思っていた以上に多く、前にサレさんが言ったように、元を断たねば同じことの繰り返しだろうとも再認識している。元を断つ……女王を元に戻し、戦争を止めること。これ以上負の感情を世界に広めないこと。闇の精霊王をなんとかすること。――それはすなわち、私のお菓子がおいしいと女王に言わせて、心を動かすことだ。


そんなこんなのうちに、アメルさんが苺を採りに出て行ってから二日経った。

もう明日が女王との約束の期限である十日目。

アメルさんが心配で本当は何も手につかないくらいの気分だけど、そうも言っていられない。できる準備は早めに済ましておかないと。サレさんに粉をなんとかふるってもらったし、バターも冷蔵庫でガッチリ冷やしてある。そろそろ生地を仕込もう、と厨房にいた時だった――

「姫巫女様、砂糖が届きましたよ」

伯爵自ら、重そうな袋を厨房まで持ってきてくれた。

え？　お砂糖？　お砂糖だけは豊富にあるから、頼んでないけど……

「特別な砂糖だそうです。ご覧になりますか？」

そう言って差し出された袋の中を見て、驚いた。

「これ……！」

そこに入っていたのは、真っ白のお砂糖。製菓用の細目の物よりは粒子は粗いものの、サラサラした感じはグラニュー糖に似ている。この世界のお砂糖は、純度が低いのか色が濃い。そんな中では脅威の白さ。思わず塩じゃないかと疑ってしまうほどだ。たっぷり二キロはありそう。

「すごい。すごいです！」

感動でいっぱいの私の背後から声が聞こえる。

「浄化に使う菓子は、綺麗な砂糖で作ったほうがいいかと思って、勝手にやらせてもらったんじゃが、気に入ってもらえるかね？」

振り返ると、そこにいたのはあの町工場（まちこうば）のおじさん兼発明家だった。

「あ、おじさん！　ひょっとしてこのお砂糖も、おじさんが精製を？」

「もちろん。発明品でちょちょいのちょいさね。不可能はないといったはずじゃぞ」

じーん。なんかもう、ありがたすぎて涙が出そう。最初に出会った時、困ったことがあったらなんでも言えと言ってくれたけど、冷蔵庫もこの砂糖も、何も言わずともお世話になりっぱなし。ホントいい人だ……天才だし。

「気に入るも何も、おじさんが神様に見えますよ！　だけどよくこんなに真っ白な砂糖が作れましたね」

「一度煮溶（にと）かして、不純物を徹底的に取り除き、ワシの発明で結晶だけを集めじゃな……」

話を振った私も私だが、またも長ーい説明を聞くことになった。

でも本当に嬉しい。この純白のお砂糖は絶対にものすごい武器になる！

ではさっそく白いお砂糖を……とも思ったが、パイ生地にはお砂糖は入れない。粉と、溶かしバターと、ほんの少しの塩、水だけ。切るようにまぜてまとまったら、冷蔵庫で寝かせておく。

生地を折り込む作業は、後でゆっくり気合を入れてやることにする。今度はお願いごとをしてある、中庭の様子を見に行こう。

「気合入れていけよ！」
「おう！」
「こぼしちゃ駄目だぞ！」
「おう！」

タンドール伯爵邸の広い中庭では、副隊長ミエル君の号令のもと、イビス隊の皆さんが、真剣な面持ちでハードな訓練中……ではなく、大事な作業中。

これがまた、笑ってはいけないんだけど面白いことになっていて、さっきから私は堪えすぎて腹筋が痛い。サレさんとフィグちゃんはすでにお腹を抱えて笑っている。伯爵まで生ぬるい視線を送りつつ、笑いを堪えている模様。

凜々しい騎士様たちは、びしっと等間隔に並んでいる。そして長めの紐をつけた木の桶に、大量のミルクを入れてぐるぐる振り回してる。その様は、一体なんの儀式だと言いたくなる眺めだ。

彼らは今、ミルクを遠心分離させて生クリームを作っている。

最高の味にするには、ここはぜひ純乳脂肪の生クリームを使いたい。せっかく生クリームができることを発見したんだもの。そんな私の我儘で、生クリーム作りを快く引き受けてくれた騎士団の皆さんを笑っては、失礼だ。

ちなみに、バニーユから来たミルクはもうないので、今朝ウフの外れにある牧場でこの騎士様たちは乳搾りをして来てくれた。握る剣を牛の乳首にかえて。これもきっと面白い絵面であったろう。

今はこうやってご機嫌で手伝いをしてくれている騎士団の人たちだが、アメルさんが一人で出ていったのを知った時は、酷くショックを受けていた。なぜ自分たちを置いていくのだと。

「なんで言ってくれなかったんだよ！」

中でもミエル君は相当怒っていた。

「隊長は僕たちのことを信じてないの？　一人で行くなんて馬鹿じゃないの？　森の獣はともかく、戦争やってるんだよ？　少しでも腕に覚えがある者が一緒の方がいいじゃないか」

言わんとすることはよくわかった。私と違い彼らは戦闘のプロだ。たとえ戦争に巻き込まれても自分の身は自分で守れるだろうし、アメルさんの助けにもなるだろう。なのに一言も言わずに出ていったのが、ミエル君には信用されていないと取れたのだろう。

「違うよ……アメルさんはミエル君たちのことを信じてるよ。信じてるから一人で行ったの」

いくら小規模の隊でも、バニーユの騎馬がまとまって戦場に行けば、中立を守っていたバニーユまでついに参戦したのかと誤解を招きかねない。そうなると情勢が変化してしまう。アメルさんはそれを恐れて、ミエル君たちに内緒で行ったのだ。

そう説明するとわかってくれたミエル君だったが、まだ面白くないという表情。だからもう一つ、アメルさんが言い残したことを微妙に変えて伝えた。

「アメルさんが、自分のかわりを安心して任せられるのは、一番信じてるミエル君たちだけだからって言ってたよ」

それを聞いて、張り切ったミエル君たちは、今こうしてアメルさんのかわりに手伝ってくれているのだ。……実際は『俺が留守で手伝いが足りなくて困るようなら、ミエルや隊のみんなをこき使ってやればいい。あいつらなら役には立つだろう』とアメルさんは言ったのだ。まあ意味は大体一緒なので問題ないと思う。信じてないと言えないことだものね。

「もういいかなぁ？　見て」

凜々(りり)しい人力遠心分離機から声がかかり、桶の中の様子を見にいく。

よく見ると、油脂を多く含んだ層が浮いている。そろそろいいだろう。あまり分離させすぎるとバターになってしまう。

「いいみたい。クリーム部分は軽いから上の方に浮いてるの。少し濃い部分だよ。それだけを掬(すく)い取ってね。下のミルクは普通に飲めるから、捨てちゃ駄目だよ」

「了解しましたっ！」

ミエル君がよいお返事をしてくれたので、こちらは任せておこう。

ひょっとしてあの町工場(まちこうば)のおじさんなら、遠心分離機くらいちょちょいと作れたんじゃないだろうか。というか、砂糖を精製する時に使った発明品というのが、まさにそれでは……と思ったけど、騎士様たちには黙っておこう。

騎士団のおかげで純乳由来生クリームもたくさん用意できた。町工場のおじさんが精製してくれた白いお砂糖を使えば、余計な色がつかない純白のシャンティイで、ミルフィーユを美しく飾れるだろう。サレさんが振るってくれた粉で生地も準備して、寝かせてある。まだバターを折り込む大事な作業が残っているけど、きっと上手くやってみせる。

みんなの力を借りて、下準備は着々と進んでいる。

でも……苺を採りに行ったアメルさんがまだ帰ってこない。

戦争は激しさを増していて、先に蜂起した国が同じくファリーヌの支配下にあった近隣他国と同盟を組んで、戦場が拡大しているという。兵力のあるファリーヌがまだ攻勢なのか、手を組んだ国の人たちが圧しているのかはわからない。ただ今まで以上に犠牲者が出ているらしい。

未だバニーユは動いていないが、周囲の雲行きは着々と怪しくなってきている。

アメルさん、巻き込まれてないよね？　当初の予定だともう帰ってきていてもいいはずなのに。

まさか何かあったんじゃ……

だめだ、信じよう。いい方に考えなきゃ。不安や悪い考えは、負のエネルギーになる。私が悪霊に憑かれていては、話にならない。

女王との約束の期日は明日。

早く帰ってきて、アメルさん。

午後になって、仕込みの最後の作業、生地の折り込みに入る。実は今まで私は何度か挑戦してきて、一度も納得できる折り込みパイ生地を完成させたことがない。見た目は無難でも、均一に層にならなかったり、空気を含みすぎたり。

だから時間が許す限り練習してみた。完璧とまではいかないけど、以前より少し上達しているはず。

とはいえ、失敗は許されないと思うと、すごく緊張する。

ふう、と一つ大きく息を吸い、心を落ち着かせる。さぁ、始めよう！

折り込みでは、生地を伸ばし、三つ折りに折って、回して、伸ばして、また折って、回す……これを六回繰り返す。基本は三の六乗、つまり七百二十九層。薄い層を積み重ねることにより、サクサクした独特の歯触りを生むのが、折り込みパイ生地フィユタージュ。

バターが柔らかくなりすぎて生地がだらんとしてしまったら、層が上手く広がらない。いつも失敗していた原因はそこだろう。このファリーヌは暖かすぎるので注意しないと。また、回転させる角度を間違えても駄目。九十度回す。基本に忠実にやるのが一番だ。

「……四回」

まだ八十一層。もたもたしているうちに少し温度が上がってきたので、一旦冷やして仕切り直しだ。町工場（まちこうば）のおじさんが冷蔵庫を作ってくれて、本当によかった。

生地を冷蔵庫に入れた時、ピカピカに磨かれた金属の扉に映る自分の顔が、ふと目に入った。緊張したような目の、面白くなさそうな顔が映っている。全然楽しそうじゃない。

『笑顔は最高のエピス』

そうだ、こんな顔してお菓子を作っても、おいしい物はできないよね。

『お前にはずっと明るく笑っていてほしい』

アメルさんも言ってくれた。その言葉を言った人が、一番いつも無愛想なんだけどなぁ……。そう思うと、急におかしくなった。

「人のこと、絶対に言えないくせにね」

楽しく明るい顔で作らなきゃ。スマイルを作ってから、冷蔵庫で冷やした生地を再び伸ばして折る。五回、六回。

「……できた」

焼いてみないとわからないが、今までになくいい生地ができた気がする。


ほとんどの仕込みが終わった夕刻、私は表でアメルさんの帰りを待っていた。

無事だよね？　もう帰ってくるよね？　信じてるもの。

ファリーヌは陽が長いが、それでももうすぐ暮れる。昼間の熱気が冷め、少し肌寒くなってきた時間。全ての物が赤みを帯びた色彩に染まる中、伯爵邸の庭の片隅で一輪の花を見つけた。

「可愛い……」

緑の濃い植え込みの中、ぽつんと一輪だけ咲いた花になぜかとても心惹かれる。もっとよく見ようと顔を近づけると、ふわりと鼻孔をくすぐる芳香。小さな花だけど、ユリに似た花弁の形の白い花だ。風に揺れてなんともよい香りを漂わせている。

咲いているのは、なぜかこの一輪だけだ。

「寂しくない?」

思わず花に語りかける。花が返事をするわけはないのに。

私は寂しいよ。大事な人がまだ帰ってこないのが……

しばらく風に揺れる可憐な花をじっと見ていると、背後から声をかけられた。

「おや、季節外れのリューラの花ですね。本当はもっと暑い季節に咲くのですよ」

振り返ると、そこに微笑んで立っていたのは、タンドール伯爵だった。

「この花、リューラと言うんですか。いい香りですね」

私がそう言うと、彼は頷いてから私の横に並んでしゃがみ込んだ。

「……女王はこの花が大好きでいらっしゃいました」

慈しむような目で花を見つめる伯爵の横顔は優しげで、そして寂しげ。

「即位される前、まだ姫様と呼ばれておられた頃、岬にある城の近くにはこの花の花畑がありました。よく二人で摘みに行って……満開の季節には、女王はいつも髪にこの花を飾っておいででした。彼女からは芳しい香りが漂い、砂と海の国の花と呼ばれていたものです」

穏やかな声でタンドール伯爵は語った。

幼い頃から一緒だったという女王と伯爵。それは美しく大事な思い出なのだろう。この小さな花を見ていると、芳しい香りに包まれた花畑にいる、幸せそうな二人の笑顔が目に浮かぶようだ。

その時のことを、マルムラード女王も覚えておいでだろうか。大好きだった花のことを。

あ、閃(ひらめ)いた。

「お菓子にこの花を飾れば、女王は興味を示してくださるでしょうか？」

「そうですね、それはいいかもしれません」

伯爵もそう言ってくれた。

だけど季節外れに咲いた、たった一輪を摘(つ)んでしまうのは可哀想。——そうだ！

「……作ってみようかな」

さっき届いた純度の高い白い砂糖。あれならいけるんじゃないかな。

花は作ればよいのだ。たった一輪の花を摘(つ)むかわりに、私はその姿を目に焼きつけた。

十　シュクル・ティレ

材料は砂糖と水だけ。食紅を練り込んで色をつけるのが一般的だけど、残念ながら食紅はない。ただ、リューラの花は白かったから、このままのほうがいいかもしれない。

これからやるのは、シュクル・ティレ——引き飴細工。

高度な技術とセンスを必要とする難しいものだ。何度かプロの制作現場を見てきたが、柔らかい飴の塊から美しく繊細な形が生まれていくのは、魔法のようだった。

まず砂糖と水を煮詰め、飴を作る。

町工場のおじさんのおかげでお砂糖の質がいいので、綺麗でほどよい硬さの飴ができた。それを何度も引き伸ばしてはまとめるを繰り返すうちに、空気を含んだ飴は透明から白っぽく変わり、サテンのような、はたまた絹糸の束のような独特の光沢が生まれる。

飴が固まらないように温めるための作業用ランプやバーナーがないので、かまどの近くで作業することにした。

「あつっ……」

薄い手袋を借りたものの、やはり熱い。でも冷めて固まってしまうと艶よく引けないし、形にだってできない。ガマンガマン。手早く、かつ慎重に。

『エミの世界にはこんなに美しい花が咲いているのか？』

アメルさんも本のシュクル・ティレの写真を見て、すごく感動していた。

国際コンクールで入賞するような人の作品とは、比べ物にならないことなどわかっている。それでも私なりに少しでも人の心を動かし、美しいと思わせることができるといいな。

引き伸ばし、ハサミでカットし、薄く薄く伸ばして形にする。失敗しては温め、パーツを作り直して……と作業を繰り返す。どうやってもボテッとした垢抜けない物にしかならない。

薄い花弁の緩やかな曲線、慎ましやかな雄しべと雌しべ。庭で見た花を何度も思い返しながら、伯爵と女王のリューラの花畑の思い出を彩るための飴細工を作る。美しい思い出を汚してはいけないという覚悟で、私は必死に作業を続けた。

「できた……」

不器用ながらも、なんとか思い通りの形にできた小さな飴細工の花。その頃には、もう日付を越え、約束の期限の日になろうかという時間だった。

厨房を出ると、伯爵邸の中は寝静まっていてとても静か。

ずっとかまどのそばで作業していたから、かなり疲れた。新鮮な空気を吸うため、外に出る。

外は、日本みたいに明るく色とりどりの町の光はない。かわりに、紫紺の布に金の砂粒を撒いたような星空に、二つの月が煌々と輝いている。月明かりが影を作るほど地上を照らす、そんな明るい夜。

伯爵邸の門の前には、アメルさんが出ていった日の夜からずっと小さな篝火が灯されている。これは目印。街灯もほとんどない中、暗い時間でも帰る場所がわかるように。そして無事を願うおまじないの意味もあるのだとか。

明るいけど静かすぎる夜だ。

「はぁ……」

冷たい夜の澄んだ空気を思いきり吸い込むと、無心で飴細工をしている間、遠くへ行っていた思いが一気に戻ってくる。

アメルさん、もうすぐ期限です。仕込みを終えて、いつでも仕上げに入れる状態にしてあるよ。

『お前にはずっと明るく笑っていてほしい』とあなたが言ったから、私は一度も泣かなかったし、明るくしてた。信じてるから、アメルさんは絶対大丈夫って信じてるから、心配は極力しないようにした。

だけど本当は寂しくて堪らない。大きなアメルさんがそばにいない厨房はガランと広くて、なんだかスカスカする。早く帰ってきて。とにかくアメルさんが帰ってきてさえくれればいい……そんな風にすら思えてしまう。

しばらく待っていたけど、明日は早くから生地を焼いて、お菓子を仕上げないといけない。少しでも休んでおいたほうがいいだろう、と中に入りかけた時――

遠くで何かを引きずるような音が聞こえて、ハッとした。それは足音。

門から少し出てみると、月明かりが照らす石畳の道の先にそれは見えた。

ゆっくりと誰かが近づいてくる。

遠目にはお年寄りにも見えた。杖をつき、足を引きずるように前のめりで歩いてくる。

だんだんとその人影が近づき大きくなってきた。月の光に浮かぶその人は――

胸がドキドキと激しく打ちはじめた。

大事な剣を杖がわりに、フラフラとした足取りで、それでもこちらに向かってくる彼。

馬に乗って出ていったのに、どうして体一つで帰ってきたのか。気になることはあるけれど、帰ってきてくれたことが嬉しくて堪らない。

慌てて駆け寄ると、待ち焦がれていた顔がこちらを見た。

「……今、帰った」

「アメルさん！」

どうしよう、涙が出てきた。今まで我慢してたのに。

アメルさんが帰ってきてくれた！　ああ、よかった――

だけど篝火に照らされてはっきりと見えたその姿は、酷くボロボロだ。綺麗に束ねてあった髪は解けて、真っ白だったマントは破れている。あちこちに見える汚れは……血？

「怪我してるの!?」

「俺は大丈夫だ。それよりこれを……無事か開けて確かめてくれ」

アメルさんが差し出したのは、大きめの袋。その中には蓋のついた箱が入っていた。

受け取ってそっと箱の蓋を開けると、薄暗い中でもわかる見事な大粒の苺が！

お店で買うような素晴らしい苺だ。しかもたくさんある。

「潰れてないか？」

「ええ！　潰れてない。すごく綺麗で、とてもいい苺ですよ！」

そう言うと、アメルさんはホッとしたように口元に笑みを浮かべた。

「そう……か。よか、った……」

支えを失ったように、ぐらりとアメルさんの体が傾（かし）いだ。

「アメルさん！」

がくりと膝をついたアメルさんを慌てて支える。

「とにかく中に……」

運びたいけど、苺の箱を抱えながら、アメルさんの体を肩で支えるだけで必死だ。

ずしっとさらに重くなったアメルさん。完全に身を預けてる。ひょっとして気を失った？

「アメルさん、しっかりして！」

返事はない。すぐに助けを呼びたいのに、身動きが取れない。

ぽろぽろと涙がこぼれるのがわかる。

そうこうしている内に、屋敷からミエル君や騎士団の人たちが出てきてくれた。

「隊長！」

ミエル君が半泣きでアメルさんに駆け寄ってきて、アメルさんを抱えて支えてくれた。

アメルさんはぐったりして身動きもしない。閉じたままの目に不安になってきた。

「アメルさん、死なないよね？」

「大丈夫、ちゃんと息してるし、大きな怪我はなさそうだ。多分気力だけで持ってたのが、エミちゃんの顔を見てホッとして力が抜けちゃったんだよ」

それを聞いて少しは安心できたけど、まだ涙が止まらない。

もう一人騎士団の若い人が来て、ミエル君と二人でアメルさんを抱え上げ、屋敷の中に運んでくれる。泣きながら横に付き添って一緒に中に向かう途中、アメルさんがうっすら目を開けて私の方に手を伸ばした。

「エミ……」

「いますよ、ここにいるから！」

手を握ろうとしたら、なぜかするんとかわされた。アメルさんが指さしているのは、私が抱えている苺の入った箱。

「それ、早く冷蔵庫に……」

運ばれながらも苺の心配をするアメルさんに、ちょっと呆れて涙がひっこんだ。

……確かに大丈夫そう。いつもの空気を読まないアメルさんだ。

ありがとう。帰ってきてくれて。

早朝の太陽の光が窓から差し込む部屋に入ると、静かに眠っているアメルさんがいた。

起こさないようにそーっと近づく。疲れ切って眠っているその顔は、いつもの厳しい顔じゃなくて、優しく無防備で子供みたいな顔。しばらくじっとその顔を見てた。

たかが三日。それでも、何週間も何ヶ月も待ってたような気がする。

ああ、そうだ。帰ってきてくれたのが嬉しすぎて、その後のバタバタでちゃんと言うのも忘れていた。聞こえないかもしれないけど、穏やかな寝顔に今やっと言う。

「おかえりなさい、アメルさん」

大事な人におかえりと言えた。大事な人が二度と帰ってこないあの悲しみを、味わわなくてすんだ。心まで守るって言ってくれたのはやっぱり本当だったね。

大好きだよ、私の騎士様。


これで材料は全部揃った。

さぁ、今から最後のお菓子作りだよ！

コック帽を装着し、手を洗い、『聖なる経典』に見守っていてくださいと祈りを捧げる。

飴細工とアメルさんの帰還で徹夜になっちゃったけど、私の体調は上々。

アメルさんも起きてきて、厨房にいる。泡立て器を構えた彼に、今日はアメルミキサーはお休みしていただきたいと頼む。

「俺がやるのに」

「最後くらいは私一人で作らないと、浄化の姫巫女とは言えないでしょう？　材料調達や下準備は人任せでしたし」

そう言うと、しぶしぶ納得してくれたアメルさん。今日は本と一緒に見守っててね。

卵黄で艶出しした生地を窯に入れて焼き上げ、クリームを泡立て……。忙しく作業をするけど、横にアメルさんがいるだけで昨日と全然気分が違う。お菓子作りって楽しいって思える。

用意したクリームは三種類。

一つ目は、生クリームにお砂糖を入れてホイップした、クレーム・シャンティイ。

二つ目は、前にバタークリームを作る時にも作ったパータボンブに、生クリームを合わせたクレーム・パティシエール……つまりはカスタードクリーム。

そして三つ目は、シャンティイとパティシエールを合わせたクレーム・レジェール。

すべて甘さ控えめにしてみた。そのほうが素材の味がよくわかると思うのだ。

「どうかな？」

最後に作ったクレーム・レジェールをアメルさんに味見してもらう。

クリームを舐めてみたアメルさんは……無言。あれ？　カッとか、むっとか、何もないね。おいしくなかったのかと思ったが、椅子に座ってるアメルさんの足がバタバタと動いていた。

言葉にならないほどおいしかったらしい。よかった。

準備が完了した頃には、厨房には頭にフィグちゃんを乗せたサレさんや、タンドール伯爵、ミエル君たち騎士団のみんな、なぜか町工場のおじさんまでやってきていた。とても賑やかで、まるで実演会の会場みたい。でもなぜか緊張感はない。むしろ安心できる。

そして最後の工程、仕上げに入る。

「いよいよですね」

「ぷぎゅぷぎゅ」

「しーっ」

集まったみんなに見守られながら最後の仕上げをしていると、万感(ばんかん)の思いが押し寄せてくる。

『薄い薄いフィユタージュを重ねるのは、人の優しさを重ねることと同じ』

人の優しさを重ねる……今、それを実感してる。

ここにいる人たち、そして今ここにいなくても支えてくれた人たち。クリームを絞(しぼ)っても、苺を並べても、生地を重ねても、一人一人の顔が浮かぶ。

ミルフィーユとは千の葉という意味。

こうしてたくさんの人たちの思いと優しさを千の葉のように重ねて、初めてできる最高の一品。

クリームも、苺も、何もかもがみんなの思い。今までに関わった人たちそのもの。

それらを受け止める生地も、今日は奇跡のように綺麗に焼けた。

レシピ通りでなく今回は少し私のアレンジも取り入れてみる。

レシピだと生地、クレーム・レジェールと切った苺、そしてまた生地……とこれを繰り返して五層構造にするのだけど、今日は七層にしてみた。ミルフィーユの食べにくさが上がることは重々承知だ。でも苺と共に生地に挟む層に使用するクリームを、一層ずつ変えてみたかったのだ。

濃厚な卵のコクのパティシエール、甘さ控(ひか)えめのシンプルなシャンティイ、そしてその二つをまぜ合わせたレジェールに、苺。これはみんなと私を形にしたもの。

パティシエールはその名の通り私。シャンティイはこのクリームを作ってくれた騎士団の皆。レジェールはサレさんや伯爵。そして苺がアメルさん。

それらを重ね終えると、最上段に純白のシャンティイを波型に絞って飾り、苺を並べる。

ただでさえ輝くように真っ赤な苺は、さらに艶を出した。まるで赤い宝石。

最後に、町工場のおじさんが作ってくれた白い砂糖を丹念にすりつぶして作った粉砂糖を、うっすら雪を降らせたように振りかければ……ミルフィーユ・オ・フレーズの本当の完成。

「なんて美しいのでしょう……」

サレさんがため息まじりに言う。

「これならきっと女王も気に入ってくれる」

アメルさんも納得してくれたみたい。

「では、城に急ぎましょう」

伯爵が時間を気にしつつ言う。その顔を見て思い出した。

あっ！　そうだ。ものすごく大事な物を忘れてた。

「これを飾らないと、女王様スペシャルにならないよね」

シュクル・ティレで作ったリューラの花。それをミルフィーユの横に添える。

「壊さないようにそーっとね」

最高のお菓子を持って、私たちはマルムラード女王の待つファリーヌのお城に向かった。

もう何があっても負ける気はしない。みんながついてるから。私一人じゃないから。

王城で部屋に通されると、女王が楽しげに言った。

「おや、浄化の姫巫女。最初の勢いで来なくなったので、もう諦めたのかと思っていました」

銀の髪に彩られた美しい顔が、ほんの少し意地悪な笑みを浮かべている。

「お待たせしました。女王様に真にふさわしいお菓子をと、少々準備に時間がかかりました」

ここは自信満々に言わないとね。声が震えてなきゃいいけど……

「私に真にふさわしいお菓子？」

「はい。これを」

合図をすると、アメルさんが女王の前のテーブルにそーっとお皿を置いてくれた。

マルムラード女王は、ミルフィーユ・オ・フレーズを見て、小さく感嘆の声を上げた。

「ほう……これは美しい」

興味を持ってくれたみたい！　女王はお皿を手に取り、しげしげと眺めること数十秒。門前払いだった今までとはまったく手応えが違う。しかしまだ食べてはくれない。

お皿を回し、あらゆる角度から見ている様は、もはやコンテストの審査員。その動きが止まり、女王の目が一点を凝視している。

女王がじっと見つめているのは、シュクル・ティレで作った花。

「これは……リューラの花？」

「覚えておいでですか？　昔、お花畑で花を摘まれた時のことを」

伯爵が語ってくれた優しく穏やかだった頃の思い出。この花にたとえられ、自らが海と砂の国の花と謳われた頃のこと。まだ女王の記憶の中にも残っているだろうか。

「よく……覚え……て、るわ」

遠い目をした女王は、頭痛がするのか片手を額に当てている。悪霊の親玉が女王の自我を邪魔しようとしているのだろうか。

まだ女王も内側で戦ってるんだ。助けを求めてきた時の伯爵のように。

お皿を少し顔に近づけた女王は、ぽつりと言う。

「花の香りがしない……」

「本物を摘んできたかったのですが、この季節にはあまり咲かないと聞きました。また、花はいい香りですが、お菓子には合いません。だから作ってみました。香りがしないのはそのせいです」

「作った？」

「それもお菓子です。お砂糖だけで作った飴細工なので、食べられますよ」

「なんてこと……！」

初めて驚いたような顔を見せた女王。よしよし、押してるよ。

「これもお菓子なの？　すごいわ。とても綺麗」

そして女王が横に置いてあったフォークを手にした。食べる気になってくれたんだ！

胸がドキドキしてきた。とんでもなく緊張する。

「いただいてもいいかしら？」

「もちろんです。女王様のために作りました」

あー、そうだ。ミルフィーユは食べるのにコツがいる。今度は食べにくいと文句を言われるのではないかと、これまたドキドキ。

だがそんな心配は無用だった。こてんと一度お皿に倒して上手にフォークで切り分けるあたり、悪霊に憑かれていてもさすが美食家で名高い女王。

そして女王は思いの外大きな口を開けて、豪快に齧りついてくれた。それでもまったく下品でなく、むしろとても優雅に見えるのがさらにすごい。

さくり、と生地が音を立てた。ついに女王が食べてくれた！

いや、まだ喜ぶのは早い。これはまだ第一関門を通過しただけに過ぎない。

今度は味だ。女王の心を動かすことができるだろうか。悪霊に打ち勝つのは、憑かれた人自身の抵抗が不可欠。負の感情に打ち勝つほどおいしいと思ってくれないと、駄目なのだ。

アメルさんとサレさんも息を殺して見守る中、女王の表情に今のところ変化はない。

だが女王は一口目を食べた後、おもむろに語りはじめた。

「……この紅玉がごとき輝きの果実は酸味と甘味の均整が取れ、溢れる果汁から広がる芳香が心地よい。焼き菓子の部分は、各々が一枚に見えるが、実は紙束のように幾重にも重なっているという、複雑でいて繊細な作り。その口内で解けるような食感は斬新。この果実と焼き菓子の食感も食味も相容れぬ物であるにもかかわらず、間に入れられた三種の甘味がそれらを繋ぎ止め、危うくも絶妙の均衡でまとめている。飾りや中に使われているまろやかな油分は、乳から採った物ね。この濃厚でいてふくよかな後味は、他では出せない。また、砂糖までも普段の物とは違う気がする。原料由来の雑味がまったく感じられず、後味がすっきりとしていて、他の素材の味を損なわない」

ぽかーん。矢継ぎ早に語られ、もはや私は固まるより他なかった。アメルさんとサレさんも口をあんぐりしてる。感心しているというよりは、呆気にとられているんだろう。

お、おおぅ……！　まさかここにも料理評論家がいようとは！　しかもアメルさんより数段詳しく、難しい言い回しが多用されている分、頭がくらくらする。

でもすごい。クリームの脂肪分やお砂糖の違いまでわかっちゃうんだ。ただの我儘な美食家ではなかったんだな。マルムラード女王、恐ろしい子！

女王がすごいのは非常によくわかった。でもなぁ……

「で？」

思わず言ったのは、私もアメルさんも同時だった。

「で？　とは？」

「おいしかったか、不味かったかです」

できたらそういうわかりやすい評価が欲しいな、というのが正直なところだ。

私たちの顔を見てひょいと肩を竦めた女王様。その風貌から、氷の女王というイメージがあったけれど、妙に可愛らしく見える。

そして女王は言った。

「おいしいに決まってるじゃない！　お皿まで全部食べてしまいたいくらいだわ」

お皿を手に、満面の笑みを浮かべてくれた。

やったー！　ゆる精霊さんまでサレさんの頭の上でぴょんぴょん跳ねて喜んでる。

ただ、気になるのは、おいしいと思わせても、すぐに黒い靄が晴れないこと。相手は普通の悪霊じゃない。もっと心を動かさないと駄目なのかな？

「どうぞ全部召し上がってください。お皿はさすがに飴ではありませんが、花も」

そう言うと、女王はミルフィーユをかなりの勢いで食べはじめた。

ミルフィーユを全部食べ終えた女王は、お皿に残ったリューラの花をまた寂しげに見つめる。そしてその花びらを一枚指先で摘むと、口に入れた。

「甘い……」

彼女の菫色の目から、涙がつっと一筋流れ落ちる。

「帰りたい……昔……リューラの花畑……楽しかったあの頃……」

また女王が頭を押さえてそう呟いた時。

漆黒の闇のような背後の黒い靄から、キラキラと輝く光が差しはじめた。

オオオオォ――

その直後、地の底から湧き出すような声が聞こえた。

そして女王の背後の黒い靄がふっと消えた。その瞬間、女王は力なく椅子に崩れる。気を失ってしまったみたい。

浄化された？

いや、まだだ。背筋がゾクゾクする嫌な気配がする。女王からは離れたけど、まだいる！　精霊にすら戻ってない！　どこへ行ったの？

「上を！」

鋭く響いたのは、サレさんの声。

指さされた方を見上げると、女王から離れた黒い靄は、高い天井に貼りついていた。黒い繭のようにも巨大な蜘蛛のようにも見える。それはみるみるうちに、部屋全体に蜘蛛の巣を張り巡らせるみたいに広がっていく。

一体何が起ころうとしているのだろう。

この玉座の間の入り口から、大勢の人の足音が聞こえてきたのは、直後。

何十人もの鎧をつけた人が、剣を構えて部屋に入ってきた。ファリーヌの城と女王を守っている衛兵たちだろう。虚ろな目をした彼らには、天井から広がった黒い靄と糸のようなもので繋がってる。操られているんだわ。

そんな分析をしている間に、兵士たちは迷わず私の方に斬りかかってきた。

「危ない！」

キン、と剣のぶつかり合う音が聞こえる。アメルさんが助けに入ってくれたのだ。

その時、気を失っている女王にも、再び天井の黒い靄から触手に似たものが伸びようとしているのが見えた。せっかく追い出したのに！

「サレさん、マルムラード女王をお守りしてください！」

「はい！」

サレさんが呪文を呟きながら手を翳すと、黒い靄の触手は雷に打たれたように引っ込んだ。

「浄化の姫巫女を……」

ブツブツと繰り返しながら、襲いかかってくる兵士たち。私だけが狙いみたいだ。アメルさんは私を庇いながら戦っているけど、ただでさえ弱ってる上に相手が多すぎる。かなり押され気味だ。

なんか、頭にきた！

「ちょっと！　期限までにちゃんと約束を果たしたのに、どういうことなの？」

思わず天井の悪霊の親玉……闇の精霊王に怒鳴ってしまった。

「我は約束通り、十日間遊びに付き合ってやったぞ。その間に一切手出しもしなかったであろう？女王を解放したのだから、そなたが消えても文句は言えまい？」

黒い靄から返事があった。むむぅ……そうきたか。確かに文句は言えないかもしれない。

「往生際が悪い悪霊だな」

アメルさんは大人数に押されながらも、弾き飛ばし、剣の背で叩きつけるだけで、相手を斬りつけてはいない。マントとまとめ髪を翻し、剣を振るう様は力強く、私には一切兵を近づけないあたり、さすが私の騎士様。だけど、やはり足取りがおぼつかなくなってきた。

一人の剣をアメルさんが剣で止めたと同時に、違う方向からもう一人斬りかかってきた。その時、びゅっ、と室内なのにものすごく強い風が吹く。今まさに斬りかかろうとしていた兵士も含めて、数人が吹き飛んだ。

「私もおりましてよ」

声の方を向くと、女王を片手で支えながら、こちらにもう一方の手を向けているサレさん。今のって攻撃魔法？　すごいや、そんなこともできたんだ！

「エミちゃん！　隊長！」

「女王陛下！」

聞き慣れた声に入り口を見ると、外で控えていたミエル君たち騎士団の面々とタンドール伯爵だった。来てくれたんだ！

伯爵は気を失っている女王のもとに走ってサレさんと交代し、ミエル君たちはアメルさんに加勢して戦いはじめた。

「操られているだけで、兵には罪はない。殺すな！」

「はい！」

隊長の声に騎士たちの剣が閃き、魔法の風が吹く。バタバタと倒れていくファリーヌの兵士たち。形勢逆転？　ううん、今襲ってきてるのは、操られている人間。いくらやられようと、悪霊の親玉本体は全然痛くも痒くもないじゃない。本体をなんとかしなきゃ。

……ってか、私だけなんにもしてないんだけど。

困ったな、私は浄化の姫巫女なんて肩書でも、実際はお菓子を作るしか能がないわけだし。こんな悪霊本体と戦う術などない。

「しつこいな」

手加減しているとはいえ、倒されても倒されてもまた起き上がってくるファリーヌの兵士に、アメルさんはじめ騎士たちもサレさんも疲れてきたみたいだ。それに、操り人形みたいに扱われているファリーヌの兵士だって可哀想。

あの兵士に繋がってる黒い糸をなんとかできないだろうか。

そんなことを考えていたら、また兵士の一人が騎士たちをすり抜けて私の方へかかって来た。そうだった、狙いは私なんだった！

「させるか！」

またもアメルさんが庇ってくれたし、私もなんとか攻撃はかわした。

それでもまだ襲ってくる兵士に向かってアメルさんが剣を薙いだ。しかしすでにフラフラのアメルさんの剣の軌道は、大きく外れ空振りする。

一瞬のうちに、もう駄目だと思った。でも、なぜか私にファリーヌの兵士の剣は当たらない。

「あれ？」

ぴたりとその動きを止めた兵士は、目の前でパタリと倒れた。まるで糸が切れたかのように。そしてもう起き上がってこない。

糸……あ、そういえば兵士に繋がってた糸がない！

わかった！　アメルさんの剣は、闇の力だけを断ち斬る聖剣。剣は兵士に繋がっていた精霊王からの糸を断ち切ったんだ。あの糸はまさに闇の力そのものだから。

「アメルさん、兵士を操っている闇の糸を、その剣なら斬れるかもしれません」

「やってみる」

残念ながらアメルさんには、精霊は見えても悪霊や闇の力そのものは見えない。

「勘でいいです。大体背中に繋がっています。その空間を斬って！」

そこからアメルさんの快進撃がはじまった。

糸が見える私とサレさんの指示に従い、アメルさんが次々と兵士に繋がっている闇の糸を断ち切っていく。でも、すでに足元はフラフラで、見ている方が辛いくらいに疲れきっている。

随分と糸が繋がっている人が減った頃——

「ほう、浄化の姫巫女よりも剣の方が厄介だな」

低い声が天井の本体から響いたかと思うと、兵士に繋がっていた糸の比ではない太い黒いものが、鞭のようにしなってアメルさんに向かう。

「アメルさん後ろっ！」

私が叫んだのも間に合わなかった。

「ぐっ！」

「アメルさん！」

思い切り打ちつけられ、アメルさんは何メートルも飛んだ。その拍子に手から離れた剣は、床に落ちて滑っていく。

私はアメルさんのもとに走った。

「アメルさん、大丈夫ですか？」

「ああ。だが剣が……」

剣が飛んだ方向を見て、息を呑んだ。

アメルさんを吹き飛ばした太く黒い触手が、剣に向かって伸びていた。刃の部分には闇の力は触れられないのだろう。一瞬躊躇するように止まったが、柄に巻きつき、高く持ち上げる。

「やめて！」

私の制止も虚しく、再びしなった触手は剣を勢いよく城の立派な石の柱に打ちつけた。

バキッと嫌な音がして、真っ二つに折れてしまった剣。

「もう闇を断ち切る剣は使えぬな」

ククク……と不気味な嘲笑が響く。

もし精霊の姿に戻せたとしても、アメルさんの聖剣がないと、浄化のしようがない。

それに、あれは誓いの剣だったのに……剣は騎士の命なのに。

「アメルさんの大事な剣が……」

「気にするな。俺は素手でもお前を守る」

そう言って、立ち上がろうとしたアメルさんだが、先ほどの一撃は効いたようだ。すぐには立ち上がれず、また膝をついた。

「少し休んでてください」

「だが……」

もう許せない！　いかに私がお菓子を作るしかできなくて戦えないからと言って、守られてばかりもいけないと思うのよね。絶対に闇の精霊王を、なんとかしてやるんだから！

そう意気込んで数歩進み出たのはよいが……

「でもどうすれば……？」

思わずこぼした時。私のすぐ横で聞き覚えのある声がした。

「なんとかして、闇の精霊王が封印されていた聖域に連れていければよいのじゃがのぅ」

そこには、フィグちゃんの本来の姿である緑の髪の精霊が立っていた。

「連れていくって、あれを？　というか、聖域って遠いんでしょ？」

「いや、聖域はこの城のすぐそばじゃが、まあ動かせまいなぁ……だが半分以上は女王から引き離す際に浄化されておるので、かなり弱ってはおるはず。そうでなければ、あの剣を恐れることもなかったろうて。封印するなら今ぞ」

すぐそばって……ああ、そういえば戴冠式(たいかんしき)の際にうんぬん言ってたよね。そんな離れたところで国事はやらないか。

それに、一応そこそこ浄化できてるんだ。弱っててこれだもの、フルの状態だったら……

緑の大地を砂漠に変えたという話を思い出してぞっとした。

巨大な蜘蛛(くも)のように天井に留まる黒い靄(もや)は、言われてみれば少し薄くなっているかもしれない。

そしてその中に、時折、人に似た姿が見え隠れしている気がする。第一こうして間を置いてるのに襲ってこない。聖剣を砕くのにも力を消耗(しょうもう)したのだろうか。勝てないこともない？

いや、でも。そういえば、封印ってどうやるの？　知らないんだけど、そんなの。

「おお、そうじゃ。よい物があるぷぎゅ」

風の精霊がぷぎゅと言いながら懐をごそごそやりはじめた。何か秘密兵器でも出してくれるの？

「浄化の姫巫女よ、これをぷぎゅ」

緑の髪の無駄に美しい精霊は、私に手を出せと言って小さな物をいくつか渡した。

これはシュクル・ティレで余った飴に、ムース・オ・ショコラで残ってた深煎りミーラの粉をまぜて丸めただけのショコラ風味のキャンディだ。飴細工の片付け中に作って、今朝フィグちゃんにあげたんだったね。

なんか……がっかり。すごい魔法を出せるような、そういう切り札的な物じゃないのか。

いや待て。そうだ！　フィグちゃんは精霊だけど、人間の食べ物を普通に食べる。サレさんは高位の精霊ほど人に近いと言っていた。だったらさらに高位の精霊王も、同じじゃないのかな。

ひょっとして、この飴を闇の精霊王に食べさせろってこと？

どうでもいいけど、語尾がぷぎゅになってて、緊張感ぶち壊しだよ……

「でも、どうやってアレに食べさせるの？」

「……ぷぎゅ？」

おい。なぜ突然時間切れ？　人の姿からゆる精霊に戻ってるじゃん！　投げっぱなしで放置？

それとも、そこまで考えてなかったから、わざと戻ったのかな？

だけどもう考えている時間はなさそう。思い切って黒い靄に語りかけてみる。

「あなたはかつて、戦ばかり繰り返す人間たちを憂い、それを鎮めるために悪い心を取り去ろうと集めたのですよね？　思った以上に人の心が作った闇の力が強かったから、あなた自身も染まってしまったけれど、本当は誰よりも崇高で優しい心を持っていたはず。だから昔のあなたに戻って」

ほんの少し、黒い靄が動いた。

「……もう無理だ。戻れぬ」

低い声は重苦しく響く。だけどその返事は、元の精霊王の意識がわずかなりとも残っていることをうかがわせた。戻れないという言葉は、完全に違うものになっていたら出てこない。

いけるかもしれない。そう。考えてみたら、この相手は悪霊に憑かれた人たちと同じ。だったら心を揺り動かして、本人が一生懸命抵抗すれば、浄化できるかもしれない。

「これを……」

思いきり手を伸ばし、飴を差し出す。もちろん天井まで届かないのはわかっている。

「食べて。甘いよ？」

お願い。女王に作った苺のミルフィーユみたいに、全身全霊をかけて作った物ではないけど……これもただの残り物ってわけじゃない。むしろ何よりも私の心がこもった物の結晶かもしれない。

少しでもおいしいって感じてくれたら――

しばらく動きはなかった。当たり前かな。ハイ、そうですか、と受け取ってくれるわけないか……って？　あれ？

気がつけば、手のひらの上の飴玉が一個ない。

「甘い……」

黒い靄がだんだんと白く輝きだし、サラサラと散って小さくなっていく。

食べたんだね。いつの間に？

「もう一つ、いいか？」

もっと食べたいはおいしい以上の賛辞。気に入ってくれたんだね！

「ええ、もちろん。全部どうぞ」

「ぷぎゅぅ……」

フィグちゃんがちょっと惜しむ声を上げたけど、そんな場合じゃないよ。

小さくなった黒い靄から、ひょろひょろと草の蔓か触手のような細い物が伸びてきて、飴玉を持っていった。その直後、まるで室内に花火が上がったみたいに、ぱーんと光が弾け、黒い靄は完全に消える。そして……

白く輝く光に包まれ、すぅっと誰かが天井から降りてきた。

長い長い髪の立派な体躯の男の人。その姿は神々しくも美しかった。

「何百年ぶりにおいしい物を食べたであろうか……さあ、我を封じよ、浄化の姫巫女よ。もう抵抗はせぬ。また神の力の満ちた聖域の奥で、罪を悔いながら眠ろう」

悲しげな表情で、輝く人は顔を伏せた。

「いいえ。もう閉じ込めない。封印したりしない。だってもう闇の力から解放されて、あなたは元の優しい精霊の王様に戻ったんだもの。これからはこの世界を見守っていてください。人は皆、心の中に愚かなところも弱いところも汚いところも闇もある。だけど、それを含めて人だから、もう無理に心から取り去ろうとしないで。集めなければ、深い闇は生まれない」

……なんか私、自分でも呆れるほど偉そうなことを言ってるけど、要はアレだ。封印の仕方など知らないし、いい精霊に戻ったからもう許すし、二度と無理なことはしないでねってことです。

「約束しよう。我を浄化してくれた姫巫女よ。初めての味に心動かされた礼として」

「でもまさか、食べてくれると思いませんでした」

思わず正直な気持ちを漏らすと、精霊王はニッコリと笑う。

「精霊は皆、食いしん坊なのだよ」

精霊王はそう悪戯っ子のように言って、一層眩い光を放った。

「この光は！　まさか——」

サレさんが何やら叫ぶ。それと同時に、精霊王は、すぅ、と光の玉になって消えた。

元々は誰よりも優しい心を持った精霊の王様だもの。きっと世界を見守ってくれるよね。

そんなこんなを、正気に戻ったファリーヌの兵士たちとアメルさんたちは、ぽかーんとして見ていた。

「エミさん……あなたとんでもないことをしましたね」

サレさんが呆けたように言う。

「え？　マズかった？　やっぱり先代みたいに封印しないといけませんでしたか？」

なんか、浄化の姫巫女的にはお約束みたいなものがあった？　今までしたことを考えたら許しちゃいけなかった？　浄化されていい精霊に戻れたのに罰を与えるのもどうかと思ったのが、甘かった？

「違います！　まさか精霊王まで浄化してしまうとは！　しかも剣もなしに。とんでもなくすごいことをやってのけましたね、という意味ですよ。先代の浄化の姫巫女すら成し遂げられなかったことをやすやすと！」

えー？　やすやすとでもないよ？

「まあいいじゃないか。これで二度と闇の精霊王は現れないのだから」

アメルさんがそう締めてくれたので、いいのではないでしょうか。

……とりあえず、めでたしめでたしでいいんだよね。きっと。

そう思った時、声が聞こえた。

『帰路のご無事を』

この声は、あの時のホテルのドアマン？

他の人には聞こえていないみたい。私にだけ聞こえたのかな？

帰路……帰れるってこと？　この世界での私の使命が終わったってこと？

ええー、でもこんなに急に？　お別れの挨拶をする時間もくれないの？　そういや、来る時もエレベーターから降りたら異世界とか、急だったし。いくら神様でもちょっと酷いよね。

キラキラと瞬く金色の光が私を包む。

わぁ、光ってるよ、私。もういよいよ伝説の存在になってしまったような。

闇の精霊王を浄化した喜びに沸いていた一同が、そんな私に気がついた。

「エミさん！」

「エミ！」

目の前に突然扉が現れた。見覚えのある扉。これはエレベーターのドア？

やっぱりか、と思った。

チン、と涼やかな音と共に、すぅと開く扉。

これを潜れば元の世界に戻れる、と直感的にわかった。二つの世界を繋ぐ『旅』の道だ。

「お迎えが来てしまったみたいです」

そう言って一歩扉に向けて踏み出しかけて、すぐに動けなくなった。

目の前を塞がれてしまったから。しかも、逞しい腕に抱きしめられている。

「嫌だ！　エミ、帰るな！」

「アメルさん、離して」

私のここでの役目は果たされ『旅』が終わった。

私の夢は『食べた人が幸せになるお菓子を作る素敵なパティシエール』になること。

半人前の私でも、この世界でお菓子を知らないたくさんの人に、おいしいの笑顔を届けられた。

ある意味ではもう夢は叶ったのかもしれないけれど、私が目指すのは菓子職人であって、伝説の巫女ではない。

家族の夢を叶えるためにも、もっともっと勉強して腕を磨きたい。だから帰らなきゃ。

なのに私を強く抱きしめる腕は離してくれない。ここにしか填まらないパズルのピースになってしまったかのように、私は動けない。

「死んでも離さないからな」

「アメルさん……」

帰りたい、生まれた場所へ。たった二月にも満たない間しかいなかったこの世界と違い、十九年間生きた世界へ。憧れも、家族の記憶もある世界へ。

だけど、そこにはこの人はいない。こうして抱きしめてくれる腕はない。

本当は優しいのに、無愛想でいつも難しい顔をしてて。でも私のお菓子を一番に食べた時にはおいしいって笑ってくれる。メレンゲみたいにふんわりした幸せそうな顔で、おいしいって言ってくれるこの人が。大好きなこの人が。

もっとこの人を笑顔にしてあげたい。その幸せそうな顔を見たい。ずっとそばにいたい。

ゆっくりと扉が閉まりはじめた。飛び込めば、まだ間に合う。

帰りたい、帰りたくない、帰らなきゃ、帰っていいの？

……決断の天秤があっちにゆらりこっちにゆらり。

私はどうすればいい？

終話　カレ・ドゥ・ショコラ

――精霊王の浄化に成功してから、もうすぐ一月。

分厚い外套を入り口にかけて、その人は厨房に入ってきた。私はすぐに声をかける。

「おかえりなさい！　外回り寒かったでしょ？」

「ああ。今晩は雪が降るな。積もるぞ、きっと」

火が燃えるこの厨房は暖かいけれど、外はひゅうひゅうと風が吹き抜け、秋の名残の枯葉を舞い上げている。

吐く息も白いこんな寒い日には、身も心も温めてくれるホットココアだよね。

彼に差し出したマグカップからは、ミルクとショコラの甘い匂いが漂う。

「そうそう。ついにかなり納得のいく試作品ができたんですよ！　ほら」

大事な人がお仕事に行ってる間に、コツコツ研究した成果を得意げに差し出す。

なんの飾り気もないカード状のチョコレート、カレ・ドゥ・ショコラ。四角いチョコレートと言う意味。つまりは板チョコだ。

実は、このなんの飾り気もないというのが難しかった。色艶、風味はもちろん、ほどよく固めるのも、口の中で溶けるなめらかな舌触りにするのも。誤魔化しは効かない。

「豆の焙煎方法を変えてね、まぜる油を他の豆から取った物と生クリームに変えて……」

説明していると、ぱき、と小気味よい音がした。アメルさんったら、もう食べてる。

一口食べて、カッ！　と目を見開いた彼。

「これは……」

その後しばらく何も言わずに目を閉じ、じっくりと味わってから呑み込んだ。そして彼は微笑む。

なんとも言えない蕩けそうな顔で。

ああ、その顔。これを見たいために私はこれを作ったの。

幸せの笑顔はおいしいという言葉以上の賛辞。作る者の喜び。

「甘く芳醇な香り、かすかな苦味もあるのに深く滋味深い風味。まさにあの時の味。だが……そうだな、ココアも甘いしチョコも甘い。いくら俺が甘い物が好きでも、できれば飲み物は苦いマカラン茶あたりがよかったかもしれないな」

ううっ、そうだね！　相変わらずこの人の論評は的を射ている。

「アメルさんはやっぱりすごいね」

「いつもエミが美味い物を食べさせてくれるからな。舌が肥える」

気をつけないとお腹も肥えちゃったら大変だ。男前が台無しになっちゃう……

「今度はこのミーラのチョコとジャムで、ザッハトルテを作るのが目標なんだよ。ほら、本の四十八ページにあった……」

「楽しみだな。ああそうだ、今日ファリーヌの町工場の親父さんから、マドレーヌとフィナンシェの型ができたと手紙が……」

なんだか食べ物の話ばかりで色気はないけど、こんな調子で毎日楽しく過ごしてる。


私はエレベーターには乗らなかった。

生まれた世界には戻らず、アメルさんのそばでお菓子を作ることを選んだ。


精霊王を浄化した後、正気を取り戻したファリーヌのマルムラード女王は兵を引き上げた。接収した領土を返還することを他国に誓い、謝罪の旅に出たらしい。たくさんの犠牲が出た戦を招いたのは、謝って済むことではない。これからしばらくは大変だろうけど、きっとあの女王様なら耐えていけると思う。そばで見守ってくれるタンドール伯爵がいるから。一度解消された婚約を結び直し、落ち着いたら式を挙げるんだって。

そして私は、アメルさん、サレさん、騎士団の人たちとバニーユに戻った。

王様も王妃様も、私がこの世界に残ることをとても喜んでくれて、温かく迎えてくれた。正式に養女にするとも言ってくれたけど、それは丁重にお断りした。

なぜって……そしたらアメルさんと義兄妹になっちゃうもの。それはいろいろとマズくない？

私は浄化の姫巫女として困っている人の役に立つよう控えていて、いつもはお城の厨房スタッフの一人としてデザート担当で働かせてもらうことになったのだ。

まあ……女の子が欲しかった王妃様の着せ替え人形という役割もあるので、お姫様扱いされるのは相変わらずなんだけどね。

王立騎士団の宿舎はお城の敷地内にあるから、アメルさんとはいつでも会える。

元闇の精霊王は、浄化されて今度は守り神的な存在として世界を見守ってくれているみたい。それでも弱い悪霊に憑かれて困っている人はまだいて、時折助けを求めてやってくる。そんな浄化の姫巫女としての緊急事態には、アメルさんは剣を泡立て器に持ち替えて、助手になってくれる。

いずれはお城を出て、町中の小さなお店で庶民向けのお菓子を売るのが、私とアメルさんの今の目標。それまではバニーユのお城で、デザート担当兼姫巫女として頑張ろうと思う。

生まれた世界に帰りたくないと言ったら嘘になる。

だけど気がついたんだよ。

私の夢は『食べた人が幸せになるお菓子を作る素敵なパティシエール』になること。

たった一人のためでも、どこにいてもいい。

許してくれるよね、天国のお父さんもお母さんも妹も。

これからも私はお菓子を作り続ける。

この世界で、愛する人の、おいしい幸せの笑顔のために。

シリーズ累計
31万部
突破!!
RC
Regina
COMICS
詐騎士
1~2
大好評発売中!!
SAGISHI
Presented by Kaitoko
Comic by Natsumi Asa
原作 かいとーこ
漫画 麻 菜摘
アルファポリスWebサイトにて
好評連載中!
新感覚ファンタジー
待望のコミカライズ!!
ある王国の新人騎士の中に、一人風変わりな少年がいた。傀儡術という特殊な魔術で自らの身体を操り、女の子と間違えられがちな友人を常にフォローしている。しかし実は、その少年こそが女の子だった！性別も、年齢も、身分も、余命すらも詐称。飄々と空を飛び、仲間たちを振り回す――。そんな詐騎士ルゼの偽りだらけの騎士生活！
すべて詐称!?
その騎士、実は女の子!?
シリーズ累計29万部突破
アルファポリス 漫画
検索
B6判
各定価：本体680円＋税

いくらイケメンでも、モンスターとの
恋愛フラグは、お断りです!

高校の入学式、音恋は突然、自分がとある乙女ゲームの世界に脇役として生まれ変わっていることに気が付いてしまった。『漆黒鴉学園』を舞台に禁断の恋を描いた乙女ゲーム……
何が禁断かというと、ゲームヒロインの攻略相手がモンスターなのである。とはいえ、脇役には禁断の恋もモンスターも関係ない。リアルゲームは舞台の隅から傍観し、今まで通り平穏な学園生活を送るはずが……何故か脇役(じぶん)の周りで記憶にないイベントが続出し、まさかの恋愛フラグに発展!?

各定価：本体1200円+税
illustration:U子王子(1巻) ／はたけみち(2巻~)

全7巻好評発売中!

まりの
京都出身。2012年よりWebにて小説の発表を始め、2014年に『魔界王立幼稚園ひまわり組』で出版デビューに至る。

イラスト：ゆき哉

異界（いかい）の姫巫女（ひめみこ）はパティシエール

まりの

2017年 3月 6日初版発行

編集－見原汐音・宮田可南子
編集長－塙綾子
発行者－梶本雄介
発行所－株式会社アルファポリス
〒150-6005 東京都渋谷区恵比寿4-20-3 恵比寿ｶﾞｰﾃﾞﾝﾌﾟﾚｲｽﾀﾜｰ5F
TEL 03-6277-1601（営業） 03-6277-1602（編集）
URL http://www.alphapolis.co.jp/
発売元－株式会社星雲社
〒112-0005 東京都文京区水道1-3-30
TEL 03-3868-3275
装丁・本文イラスト－ゆき哉
装丁デザイン－ansyyqdesign
印刷－大日本印刷株式会社

価格はカバーに表示されてあります。
落丁乱丁の場合はアルファポリスまでご連絡ください。
送料は小社負担でお取り替えします。

ISBN978-4-434-23029-5 C0093